Clarice,
minha menina

Ivan Costa

Clarice,
minha menina

COLEÇÃO NOVOS TALENTOS DA LITERATURA BRASILEIRA

SÃO PAULO, 2013

Copyright © 2013 by Ivan Costa

COORDENAÇÃO EDITORIAL	Ana Claudia de Mauro
DIAGRAMAÇÃO	Célia Rosa
CAPA	Monalisa Morato
PREPARAÇÃO	Fabiana Deschamps
REVISÃO	Alessandra Miranda de Sá

Texto de acordo com as normas do Novo Acordo Ortográfico da Língua Portuguesa (Decreto Legislativo nº 54, de 1995)

Dados Internacionais de Catalogação na Publicação (CIP)

(Câmara Brasileira do Livro, SP, Brasil)

Índices para catálogo sistemático:

```
Dados Internacionais de Catalogação na Publicação (CIP)
      (Câmara Brasileira do Livro, SP, Brasil)

      Costa, Ivan
         Clarice, minha menina / Ivan Costa. -- 1. ed. --
      Barueri, SP : Novo Século Editora, 2013. --
      (Coleção novos talentos da literatura brasileira)

         Bibliografia

         1. Memórias autobiográficas 2. Poesia brasileira
      3. Viagens - Narrativas pessoais I. Título.
      II. Série.




13-02875                                    CDD-869.9803
```

Índices para catálogo sistemático:

1. Memórias autobiográficas : Literatura
   brasileira   869.9803

2013

IMPRESSO NO BRASIL

PRINTED IN BRAZIL

DIREITOS CEDIDOS PARA ESTA EDIÇÃO À

NOVO SÉCULO EDITORA LTDA.

CEA – Centro Empresarial Araguaia II

Alameda Araguaia, 2190 – 11º andar

Bloco A – Conjunto 1111

CEP 06455-000 – Alphaville – SP

Tel. (11) 3699-7107 – Fax (11) 3699-5099

www.novoseculo.com.br

atendimento@novoseculo.com.br

Este livro é dedicado a todos aqueles que participaram de alguma forma desta viagem, desde os que cederam teto e comida, até o cidadão que deu uma simples informação para que chegássemos a um determinado endereço. E, ainda, àqueles seres humanos iluminados pelo simples fato de existirem e que cruzaram meu caminho, tendo algo para ensinar... E ensinaram.

Agradeço a todos de forma exatamente igual, pois nenhuma ajuda foi mais ou menos importante do que outra. Assim como o Universo, o planeta Terra e até o corpo humano fazem para se transformar em um todo, é preciso união de várias partes, dos mais variados tamanhos.

E, agradeço sobretudo à minha família, pelo apoio quando precisei e pela compreensão da minha, para muitos, loucura... Acho apenas que aprendi a viver um pouco mais... O normal para mim.

Introdução

Quando minha mãe estava grávida de mim, no início da década de 1980, jamais poderia imaginar que, quando eu me debatia dentro de sua barriga, às vezes com força, já era uma briga pela minha liberdade. No dia 21 de agosto, lá estava eu começando do zero, inserido nisto que chamamos de vida, e que até hoje ninguém soube explicar de onde viemos, para onde vamos e para quê estamos aqui. Não chorei... E logo me deram uns tapas, que é para mostrar como funcionam as coisas por aqui.

O parto
A porta
Aberta

A vida

Será mais um daqueles ensinamentos da vida? Vai saber... Levar um ser humano na barriga por nove meses, cuidar dele para que cresça saudável, e, quando ele nascer, saber que não receberá nada em troca, a não ser amor (pelo menos nos primeiros anos, que é quando um dos lados desse relacionamento ainda está puro). A dor do parto, as noites acordada, cada banho dado, cada gota de leite alimentando... Para mim, tudo isso é a própria natureza ensinando como funcionam as coisas da vida. Amor... O que são nove meses? Os apressados diriam que é uma eternidade... Mas, para a vida humana, é isso o que temos que esperar para nascer, é isso o que uma mãe precisa esperar para dar à luz. E não adianta chorar... É assim.

> *Nasci mesmo pelo avesso*
> *Meu corpo lá dentro*
> *e minha alma no verso,*
> *do lado inverso*
> *de lá de dentro*

Cresci em um ambiente de classe média, e, desde pequeno, parecia não entender bem algumas coisas e não me sentia bem em alguns lugares. Nunca me acostumei com regras; ter que ser assim ou assado, ter que vestir tal roupa para tal lugar, ter que comer segurando os talheres de uma determinada forma, não poder sugar o macarrão inteirinho até ele entrar todo na boca (por que estragamos nossas diversões em troca de regras que não iriam influenciar em nada no funcionamento da civilização, caso elas não existissem?). Apesar de ter sido uma criança que podemos chamar de *sociável*, não era raro eu me isolar da turma para ficar ouvindo música sozinho no carro de meus pais, ou preferir ficar em casa com meus brinquedos e minha imaginação, em vez de ir para alguma festa ou coisa parecida. Não era sempre que isso acontecia, mas aconteceu muito.

Quando cresci, fui entendendo o porquê disso tudo. Não via graça em arranjar briga com outras pessoas só para chamar a atenção e me mostrar o mais forte da turma; nunca achei graça em colar chicletes nas descargas do clube que frequentávamos, nem gostava (quando jogávamos bola) daqueles *reclamões* querendo ser os donos do time, como se não errassem nunca. Sempre pensava comigo mesmo: "pensei que estivéssemos aqui apenas para nos divertir". Alguns pareciam prestes a ter um infarto de tanto reclamar. Já eu entendia que cada um está em um nível diferente de habilidade, e que a vida é assim, aceitem os *reclamões* ou não.

Ser grande é saber que não és maior que ninguém...

No início da minha adolescência, meu gosto musical não era o mesmo da maioria nem igual aos estilos dos shows que aconteciam na cidade em que cresci. Até que um dia minha mãe comprou um som em que tocava o tal *Compact Disc,* o conhecido CD, e, na ânsia de usar aquele aparelho novo, pedi para ela no dia da compra (eu estava junto) um CD do Raul Seixas. Ela estranhou: "mas Raul Seixas? Você gosta?". Realmente, eu não conhecia bem, mas, olhando as pilhas enormes de CDs da loja, pela capa, a dele foi com a qual mais me identifiquei: era uma capa roxa em que ele segurava sua guitarra de lado e falava alguma coisa ao microfone. Outro ponto que influenciou essa minha decisão foi que me lembrei das vezes em que passava pela casa de um vizinho nosso; de vez em quando, ele ouvia seu som bem alto, sendo que, algumas vezes, era Raulzito que tocava.

Não entendia quase nada de suas letras, sobretudo a profundidade delas, mas eu gostava, me identificava; sentia uma coisa diferente ao ouvir aquele som. Quando a coisa toca lá dentro, não importa o nível em que os dois lados estão: um ouvido quase cru com a mente ainda se formando e um cara famoso por suas letras e atitudes rebeldes, cantando coisas que tocam fundo qualquer ser humano; desde que o caminho esteja aberto, limpo, sem máscaras, para esse fundo. Bateu e pronto. Mesmo assim, não consegui convencer minha mãe, e foi ela quem me convenceu a falar com nosso vizinho para pedir que ele gravasse uma fita K-7 para mim.

Foi o que eu fiz já no outro dia. À noite, eu estava ouvindo as músicas do maluco beleza (essa música então... arrepiava. Era tudo novo, era aquilo o que eu queria ouvir). E "Ouro de Tolo"?... Agora eu prestava atenção. Nesse mesmo dia, também já tinha encontrado algo diferente para ouvir. Um amigo meu, que ia muito lá em casa para jogar bola, conversar ou jogar videogame, sempre cantava umas coisas que eu achava engraçadas, interessantes e de que eu gostava bastante:

"Adoro reggae, mas não sei o que Bob Marley diz, e se eu soubesse, talvez não fosse tão infeliz. [...] Eu sou playboy, filhinho de papai, me afundo nessa bosta até não poder mais"[1].

Ele me emprestou sua fita K-7 também e foi ouvindo esses dois cantores que tudo começou a mudar em minha vida. Até então, minha mãe, que me levou por nove meses em sua barriga, que me criou, que batalhou, que fez tudo o que pôde por mim, não imaginava o que estava por vir, aliás, nem eu. Mas me viciei em ouvir esses dois cantores naquela época. Chegava a pular o muro do colégio, matava aula, para deitar ao lado do som e ficar horas ali, viajando.

Um tempo depois, outros amigos chegaram lá em casa e levaram a fita de uma banda que eu já tinha ouvido, que me agradava, mas na qual nunca tinha prestado atenção: Os Paralamas do Sucesso. Sensação igual à que eu sentia ao ouvir Raul e Gabriel o Pensador. Alguns meses mais, passou um show dos Paralamas na TV, e, querendo que não acabasse logo, mas ao mesmo tempo querendo que acabasse, eu ficava roendo minhas unhas: a primeira coisa que eu ia fazer depois

---

[1] PENSADOR, Gabriel O. Retrato de um Playboy (Juventude Perdida). In: *Gabriel O Pensador*. São Paulo: Sony Music Entertainment (Brasil), 1995.

do show era pedir aos meus pais uma guitarra de presente. No começo, mais uma vez, eles não levaram muito a sério. Por que eu iria querer uma guitarra? Acharam que fosse uma vontade passageira de moleque, mas, quando me viram pegar o violão velho empoeirado de meu pai no quartinho dos fundos (que estava com a parte de trás um pouco aberta e a quinta corda quase junta da sexta, já que a parte que prendia a corda estava quebrada), trocar as cordas e dizer "quero aprender a tocar violão", eles viram que a coisa era séria.

Mais adiante fui conhecendo outras bandas e outros ritmos, mas foram esses três que deram o pontapé inicial, que causaram a reviravolta da minha vida, que fizeram nascer em mim este poeta sem formação alguma, um ousado na verdade, esse músico que mal sabe nada além de três notas, mas que escreve e toca lá do fundo da alma... Muitos não entendem que sou escravo de minha alma, e, mesmo assim, não quero me libertar. Essa é a minha prisão. E quem quiser que leia ou ouça-me... Seria pretensão demais de minha parte querer que todos gostem do que eu faço. Eu só estou fazendo o que quero, o que gosto... Estou apenas exercendo a minha liberdade.

> *A janela é a saída ou entrada dos que estão fora dos padrões*
> *Porta é tão chato*
> *E sempre porta, sempre porta*
> *Minha chave é torta:*
> *Sou poeta!*

Conheci um cara que gostava de bateria e das mesmas músicas que eu. Formamos uma banda, praticamente um Paralamas *cover*, já que era nossa maior referência no momento. Começamos brincando com meu violão, muitas vezes desafinado, e com uma bateria velha, que eu tive que ajudar a convencer a mãe dele a comprar. E era realmente velha a bateria, muito velha.

Aí eu percebi que prestava muita atenção nas letras de tudo o que eu ouvia. Passado um tempo, eu já estava querendo escrever letras de música, além de começar a fuçar os livros que tinha lá em casa. Os primeiros que eu li foram de Sidney Sheldon, um ótimo escritor; mas eu sentia que faltava algo ali para mim. Um dia, numa livraria, pedi para minha mãe um livro de presente: *Cazuza – Só as mães são felizes*[2]. Ali se iniciava então o leitor, não diria assíduo daqueles que leem todos os dias, mas nunca mais em minha vida parei de ler.

▼

Outra coisa que marcou minha infância/adolescência foram as viagens com meus pais. Minha mãe gostava de viajar, e nas férias ela dava um jeito, junto com meu pai, para a família viajar, mais pelo Nordeste, mas chegamos a ir até o sul de Minas e Espírito Santo uma vez. Engraçado como em todos os lugares em que ia eu dizia que queria morar. Enquanto o carro rodava pelas ruas, eu olhava as casas, os prédios, as pessoas, as praças, e viajava dentro da viagem que estava acontecendo.

> *Quando eu falava em cair na estrada,*
> *minha mãe, tadinha,*
> *achava que isso era passageiro*
>
> *O passageiro sou eu, mainha!*

Sempre gostei de outros ares, coisas novas... Enquanto eu ficava quieto no carro, ouvindo minhas músicas, poderiam achar que eu era quieto demais, mas, talvez, o mais inquieto de todos ali era eu.

---

2 ARAÚJO, Lucinha; ECHEVERRIA, Regina. *Cazuza – Só as mães são felizes*. São Paulo: Globo, 1997.

Aos dezenove anos, um ano depois de não ter passado para o curso de História na federal de Sergipe, por pouco, entrei para estudar Filosofia. Mas, cinco meses depois, o destino iria começar a me cutucar, a me chamar para a vida, e uma garota de Manaus apareceu. Conversava com ela por quase um ano pela internet, e um dia surgiu a oportunidade de ela passar as férias em Aracaju. Eu disse: "venha". Ela veio. Um mês depois, eu estava em Manaus.

Ainda me lembro do gosto azedo na boca, do coração partido depois da partida, das despedidas, o primeiro filho a sair de casa, assim, tão novo; eu tinha vinte anos... E logo Manaus, tão longe? É... Quem mandou sonhar, viajar demais nas viagens que eu fazia? Estava iniciada ali minha aventura, minha vida, meu mergulho... Meu orgulho. Foi difícil... Saudade não é coisa com que se brinque.

Chegando lá, depois de três meses, não consegui emprego. Fiquei perdido e resolvi voltar. Não sabia se estava valendo a pena. Eu queria poder me dividir em dois nessa época, mas, é claro, não podia. E foi aí que senti o peso do destino: em Sergipe, algo não me deixava quieto, eu não sabia qual era a melhor decisão, e, um mês depois, ao término de um curso de manutenção de computadores que fiz, eu estava em Manaus novamente. Uns acharam loucura demais, mas só isso não me convencia. Era meu espírito viajante tomando forma dentro de mim; dali em diante, seria assim para o resto de minha vida.

Passei quatro anos em Manaus. O relacionamento durou uns dois anos e meio. Quando cheguei pela segunda vez, imprimi uns currículos e saí de porta em porta, oferecendo-me para trabalhar de graça por três meses, como estagiário. Eu só queria aprender, e, se depois desses três meses eles quisessem me contratar... No primeiro lugar em que deixei currículo, fui contratado. Depois, meu ex-patrão me disse que olhou nos meus olhos e sentiu em mim uma coisa boa desde o primeiro dia. Durou um ano e meio essa relação, mas não foi fácil, como nada na vida é. Então, chamei a menina para morarmos juntos, e ela topou.

Lá também entrei na federal para o curso de História, e conheci umas pessoas bem bacanas. Ali eu via minha história de viajante se iniciar. Como era bela, como são boas as coisas novas, como é bom ser diferente dos indiferentes. A família da minha ex, por exemplo, virou uma família para mim. Se eu chegar lá às três da manhã, sem avisar, numa segunda-feira, eu sei que tenho lugar para dormir. Foram bons tempos; violão com uns amigos de frente para o rio Negro, a universidade no meio de uma gigante floresta, e as amizades de lá, as pessoas que conheci... Só não foi perfeito, porque sei muito bem que a perfeição não existe.

▼

Voltei para Sergipe quatro anos depois. Sou da cidade de Estância. Apesar de ter nascido em Aracaju, foi lá que eu passei minha infância, e foi uma infância boa, com sabor de liberdade. E minha alma poeta já está me cutucando, me mostrando que infância rima com Estância...

Jogava bola descalço na rua, paralelepípedos
Corria pelas praças, bicicleta, conversas...
Diversão era a primeira instância

Como foi doce minha infância

No "Berço cultural de Sergipe",
nasceu mais um poeta
Mais um parto na cidade de Estância

Quando eu tinha 16 anos, minha mãe foi transferida para Aracaju, e fomos morar lá. Com 20 fui para Manaus, com 24 estava de volta. Montei uma assistência técnica em Aracaju, e não deu certo (ainda bem). O destino não ia fazer isso comigo, como pude não perceber? Depois voltei a morar em Estância por três meses, e foi aí que estudei para o concurso do Banco do Brasil. A prova foi em São Paulo, e passei depois de estudar muito. Estava focado. Perdi até uma namorada que eu pensei que fosse daquelas para sempre, mas não foi... Ela não deixou que fosse. Cada pessoa tem o seu direito. Mesmo assim, ela me deu a maior força. Foi difícil para os dois, apesar de ter sido apenas 41 dias, 23 horas e 22 minutos. Formávamos um belo casal, mas nem tudo na vida é belo.

Um dia resolvi ir morar em São Paulo,
comprei a passagem
Mas como a tal de vida não é brincadeira,
faltando 41 dias, 23 horas e 22 minutos
para fazer a viagem
Conheci o amor da minha vida
Parecia até sacanagem

Depois de um abraço daqueles, um beijo e um livro de Cecília Meireles que ganhei de presente, desembarquei em São Paulo empurrando uma mala gigante em uma mão, uma menor na outra, e o violão. Já na chegada, ainda meio perdido, quase fui atropelado... por gente, enquanto eu passava lento pelo vão que dá para o metrô. Um fez até cara feia, saiu resmungando, até que finalmente encontrei minha irmã, que já estava morando na cidade há algum tempo. Fazia muito frio também. Fiquei em uma pensão perto da Rua Augusta durante um mês, depois me mudei para uma bem próxima do ponto de prostitutas, que ficava na esquina. Lá era mais barato. Conheci pessoas legais e até ilegais... Mais amigos, mais um lugar, agora uma cidade gigante, diferente dos 60 mil habitantes de Estância, dos 500 mil de Aracaju e do 1,5 milhão de Manaus. Agora eram 20 milhões de pessoas, juntando com as cidades vizinhas, que formam uma cidade só, a grande São Paulo. Em menos de um mês eu já estava trabalhando em uma livraria. O resultado do concurso só ia sair mais tarde, e depois ainda deu um rolo; o concurso chegou a ficar suspenso por um mês, mas então veio o resultado, e fiquei bem colocado.

Com menos de três meses desde que começaram a convocar as pessoas, com uma certa rapidez em relação ao concurso anterior, chamaram-me. Foram três anos e dois meses de uma relação difícil. Sabe quando você está em um lugar que não é seu? A gravata me enforcava. Um dos meus amigos que morava comigo na pensão, quando me via dando o nó na gravata, que aprendi com o vizinho do outro quarto, me chamava de Josué. Eu ria. E, dali em diante, criei esse personagem: no momento em que eu apertava a gravata, transformava-me no Josué. No ponto de ônibus, todo desajeitado nos primeiros dias, desacostumado com aquelas roupas, tendo nada a ver com elas, enquanto eu esperava o ônibus para o Terminal Princesa Isabel, eu imaginava versos...

Espero o ônibus que vem quase lotado,
como se fossem gados sendo levados para o abate

E isso me abate

Escravos, assim como eu, indo e voltando para o
Terminal Princesa Isabel
Esse vai e vem que não termina nunca

Ainda falta um milhão de princesas para nos salvar

Aí é que entra minha menina: Clarice. Quando eu ainda estava no banco, juntei mais ou menos 160 frases que escrevi no Twitter, fiz um livro de bolso e distribuí mil exemplares. Um dia, depois de dar um para uma cliente, ela olhou nos meus olhos e perguntou-me, depois de ler umas quatro frases: "o que você está fazendo atrás dessa máquina?".

Uma semana antes, uma amiga tinha falado comigo pela internet sobre a gente fugir em uma Kombi, uma brincadeira ali de momento, só uma maneira de extravasar, protestar contra o tédio, sem seriedade nenhuma. Aí juntei esses dois acontecimentos, mais o filme que eu tinha assistido há um ano, *Na Natureza Selvagem*[3], que mudou minha vida e ajudou a construir mais um degrau desse espírito viajante, e um degrau dos mais altos. Ainda entrou nessa mistura o livro *O Estrangeiro*[4], de Albert Camus, que também me influenciou bastante... Além de tantos outros...

Vou aparar o bigode do Nietzsche
Vou deixar brilhando a careca do Dr. Freud
Vou fazer a barba de Karl Marx
Vou puxar a língua de Albert Einstein

E vou fazendo a minha cara

Dos gregos pego a sabedoria
Das crianças a pureza e alegria

De Santos Dumont, a sua teimosia
Fernando Pessoa toda sua poesia

E vou fazendo a minha alma
Lapidando a minha

---

3 Na Natureza Selvagem (*Into the Wild*). Direção: Sean Penn. EUA, 2007. Paramount Pictures, 2007.
4 CAMUS, Albert. *O Estrangeiro*. 16. ed. São Paulo: Record, 1997.

E minha alma me levou leve, como se estivesse em um ultraleve, pelos ares da estrada mais uma vez. No mesmo dia em que a cliente me falou aquilo, fui pensando dentro do ônibus lotado de todos os dias: "e se eu comprar uma Kombi e viajar por aí?". Olhava em volta de mim, pessoas com suas caras tristes e/ou cansadas... Algumas irritadas, a maioria indiferente. E eu ali, acontecendo tudo diferente dentro de mim. O coração bateu de um jeito que eu já conhecia: o medo e a excitação misturados ao mesmo tempo. Dali eu já sentia que isso ia acontecer... E aconteceu. Depois de três anos e dois meses no banco, de todo o dinheiro juntado, resolvi pedir demissão. Ao anunciar minha saída, as pessoas ao meu redor tomaram um susto. Um perguntou se eu era louco, e respondi: "sou... e dos bons". Enquanto escrevia minha carta de demissão, sentia-me um escravo assinando sua liberdade. Muitos me disseram que tinha feito besteira, outros apenas entenderam, outros amaram o que eu fiz. É assim, não tem jeito, cada um tem sua verdade absoluta. Eu seguirei seguindo segundo minha alma.

Minha verdade
A de quem quiser
E a de quem não quiser também
É uma mentira absoluta

E no dia 9 de fevereiro eu estava livre. Até quando, não sei, nem era isso o que importava saber. Agora eu queria era viver um dia de cada vez, até onde desse. Cada gota do meu suor, cada centavo juntado, agora eu queria gastar com gosto. Um mês depois eu estava em Sergipe. Chamei meu amigo Thiago Nuts para viajar comigo; escritor e músico como eu, de alma. E foi em abril que as portas se abriram. Clarice, com seu sorriso, suas palavras e sua dor, vai passar. Haverá os indiferentes, os distraídos que nem vão perceber, os que vão apontar, os que vão sorrir e os que vão amar. A vida é assim, e assim foi.

Vou descendo serras
Vou subindo montanhas
Enfrento a paz e a guerra
Ando por ruas estranhas

Sempre de braços abertos
Cantando coisas estranhas
E em paz vou vivendo
Numa alegria tamanha

Na bagagem, livros e CD próprios, além de livros de outros autores também. Meu CD é uma reunião de músicas que gravei em casa mesmo, nada demais, mas que dá pra tirar uma onda... E muita coisa para aprender e, por que não, ensinar também. Tem gente demais puxando o freio de mão, atrapalhando o andamento do corpo planeta Terra... Tem muita gente roubando, e não estou falando só dos ditos marginais (eu também sou um, com a diferença de que não roubo), estou falando de todos nós, com nossos preconceitos, querendo roubar a liberdade dos outros, e o engraçado é que todos nós queremos ser livres. Tenho umas palavras na ponta da língua, um canto rouco e uma Kombi que sorri, toda tatuada de poesia e um destino traçado: cair na estrada.

Muitos me perguntam por que Clarice, e, sim, é por causa dela, Clarice Lispector. Fácil entender por quê:

"Suponho que me entender não é uma questão de inteligência
e sim de sentir, de entrar em contato...
[...] Ou toca ou não toca"[5]

---

5 Entrevista TV Cultura. *Programa Panorama*, em 1º de fevereiro de 1977. Disponível em: <http://www.revistabula.com/posts/entrevistas/a-ultima-entrevista-de-clarice-lispector>. Acesso em: 28 fev. 2013.

Capítulo único 1

Saber

Entre idas e vindas
Entre voltas e revoltas
Quem fechou a porta?
Não importa

Há janelas e telhados, e,
se preciso for,
derrubarei paredes

Fazia um dia lindo quando saí para comprar o jornal e procurar nos classificados uma Kombi, meu primeiro carro; lamento decepcionar os mais vaidosos. Vi uns cinco anúncios, olhei duas e fiquei com a segunda. Feitas as negociações, no outro dia, meu pai, que estava me ajudando, saiu dirigindo a Kombi na frente, e eu e Thiago Nuts atrás, este, que já ia tirando umas fotos dela, no carro de minha mãe. Na segunda curva, quando meu pai entrou na avenida, ele deu sinal para a direita e encostou o carro. Parei na frente e esperei um pouco. Lembro-me do frio na barriga desse momento e uma vontade de rir enorme ao mesmo tempo. Caralho... Isso é para testar? Será? Que seja... Meu ponto forte é não desistir.

Fui lá ver o que tinha acontecido. Foi o cabo do acelerador que soltou do pedal, nada grave, mas tive que levar à oficina para trocar. Por coincidência, pouco tempo depois que a gente parou, o ex-dono vinha na mesma direção e parou também para saber o que estava acontecendo. Feitos todos os procedimentos, fomos embora, e, finalmente, eu pude namorar minha Clarice em paz. O coração batia forte. O que é que estou fazendo? Será que vai dar certo? E se acontecer isso ou aquilo? Apesar de um milhão de interrogações, sabia que não tinha outro caminho a seguir, que eu teria que sair derrubando cada interrogação dessas que cruzasse meu caminho, uma por uma, porque era isso que minha alma me pedia todos os dias. Se ficasse, porém, as interrogações dobrariam: "como seria? Será que iria ser bom? Que lugares iria conhecer?".

Foi nesse primeiro momento que me senti leve, ao levar o problema daquela tarde com leveza. Muitos não entendem que os problemas existem, sim, o que muda é a forma como cada um os encara, e, quanto mais leveza, mais felicidade, eu garanto. Sabia que esse era só o primeiro e que outros problemas com certeza viriam...

Avenida Contramão, sem número
Uma travessa qualquer
Um atravessado qualquer mora lá
Vagabundo
Sem RG, sem foto 3x4
Não é uma pessoa física,
muito menos jurídica

Sem cadastro

Esse é o ser que mora dentro de mim
E todos os dias, este ser me pede vida... Implora!!
Tenho feito o possível
É tanto que ele me pede,
que às vezes parece impossível

E algo me diz que ele não está,
nem na metade do caminho,
nem no caminho errado

E eu, com essa minha mania de ouvir,
ouço-o atentamente

É tanto amor
Que não dá para abandoná-lo

A ideia era colocar algumas frases nela, o nome Clarice na frente, um sorriso e umas frases nossas, e foi o que Thiago Nuts fez, com sua habilidade para desenhar e pintar. A data da viagem estava marcada: dia 5 de abril, um dia antes do feriado da Sexta-Feira da Paixão; queríamos aproveitar o movimento do feriado. Quando saímos, a ideia que tínhamos era nos virar para ganharmos dinheiro de alguma forma, e, para isso, tinha meus livros e meu CD para ajudar. Não tínhamos nada em mente além disso... Estávamos nos jogando.

Mas antes de viajar, já com todas as nossas coisas arrumadas, tudo dentro de Clarice, passamos em um chaveiro para fazer uma chave reserva, e, meia hora depois, o chaveiro disse que não tinha jeito, que o aparelho dele não conseguia pegar um código que precisava, porque a chave é codificada... E não dava para viajar com uma chave só, até mesmo porque a que tinha já estava meio ruim. Não teve jeito, tivemos que ficar e teríamos que esperar até segunda, já que sexta era feriado. Mas, em vez do desânimo, senti-me leve ao ficar. Na segunda fui para a oficina e gastei uma grana para ajeitar a injeção eletrônica. A leveza continuava mesmo assim, e agora a viagem estava marcada para outro dia: sexta feira, 13 de abril... Agora sim; a data estava melhor, ótima para começar.

Na quarta feira, dia 11, quando cheguei em casa à noite, liguei a televisão e estava passando o filme *Comer, Rezar, Amar*[6], quase acabando. Vi que tinha alguma coisa a ver com a viagem, senti uma coisa boa e, assim que acabou o filme, fui à livraria comprar o livro.

Já o livro *On the Road – Pé na Estrada*[7], de Jack Kerouac, eu tinha lido uns três meses antes da viagem, no momento certo, eu diria. Já conhecia esse livro há uns dois anos, mas nunca tinha comprado, nunca me movi para que isso acontecesse e nem sei explicar por quê. Depois de ter decidido fazer a viagem, eu o comprei e li uns dois meses depois. Sensacional, é só o que tenho para dizer. Sempre penso: cada coisa em seu tempo, é só deixar fluir, mas, para isso, é preciso não se acomodar. Quem luta, quem espera, sempre alcança.

---

6 Comer, rezar, amar (*Eat, Pray, Love*). Direção: Ryan Murphy. EUA: Sony Pictures, 2010.
7 KEROUAC, Jack. *On The Road – Pé na Estrada*. São Paulo: L&PM, 2004.

Dia 13 de abril,
abro portas importantes,
ainda que surjam estradas tortas

Não importa
Para mim, o que importa,
é o que é importante

Se as aparências enganam ou não, eu não sei

Mas cansei do mundo da enganação

 Sabe aqueles dias em que o amanhã nunca vem? Agora ninguém segurava a gente. O dia estava lindo, como se dissesse: "vamos, meninos... Viajem!". O destino era Arembepe, na Bahia, para conhecermos a aldeia hippie. Arembepe fica a uns 40 km de Salvador e a uns 300 km de Aracaju, mas, quando andei os primeiros 60 km, achei que o gás estava consumindo bastante e parei em Estância para verificar. O mecânico disse que, se fosse o que ele estava pensando, a peça só teria em Aracaju, e o que eu tinha que fazer era abastecer e esvaziar o botijão inteiro para ver quantos quilômetros ela fazia exatamente. Abasteci e voltei para Aracaju, já que não ia adiantar ficar e, chegando lá, fiquei rodando com ela, num vai e vem pela praia, e depois fiz as contas. O resultado não foi tão ruim assim. Falei para Thiago: "se a gente for na oficina, vai ter que ficar novamente. Eu não quero voltar, *vamo* embora?". Ele disse: "vamos"... E fomos. Porém, já era noite, não dava para ir mais para Arembepe, e eu estava cansado. Foi então que lembrei da casa que meus pais têm na praia, em um condomínio, lugar tranquilo, perto do mar, e fomos para lá. A única coisa que tinha para comer era um pão de cachorro-quente que comprei em um mercado em Aracaju. Aproveitei e comprei umas cervejas também. O pão foi sem manteiga mesmo, e esse foi o nosso jantar.

Ao deitar para dormir, doces lembranças... Eu ia para essa casa desde os dez anos de idade...

Longe da cidade
A sensação de liberdade nos invade
A respiração e o ar se tornam mais suaves

E tudo o que queremos na vida,
nesses instantes,
é só viver de verdade...

Quantas pessoas passaram por aquela casa? Os vizinhos; as amizades novas de outras casas; as partidas de futebol; as conversas dos adultos em que eu prestava atenção distraidamente, ouvindo histórias extraordinárias; os banhos de mar, a correria para lugar nenhum, apenas correr, sorrir, correr, andar, imaginar, voar... Mas parar, nunca!... Só que agora eu estava indo mais longe. Agora eu cresci. Agora os sonhos eram outros; só a essência era a mesma: liberdade. Dormi em paz. Agora a viagem tinha começado definitivamente... E, nessa noite, o céu estava lindo: mistura de nuvens, alguns pingos de chuva de vez em quando, mas ao mesmo tempo dava para ver o céu, as estrelas e a lua quase cheia com seu brilho cheio de vida. Se eu fosse pintar um quadro para representar a viagem, o quadro seria exatamente desse jeito.

Estou certo
de que a incerteza
é o caminho certo
para a certeza
da vida
bem vivida

Passamos em Estância, almoçamos na casa de amigos e, finalmente, no sábado, dia 14, chegamos a Arembepe. Foi uma viagem tranquila. Uma viagem de novos ares, apesar do caminho já conhecido. Mas agora íamos de outra forma, por conta própria, para um lugar bem mais distante, sem final nenhum, sem final feliz ou infeliz... E aonde eu queria chegar? Não importava... O que importava era andar.

Chegamos lá e procuramos a aldeia hippie. Lugar pequeno, não foi difícil encontrar. Não dá para ir de carro até lá, só até a metade do caminho, mas não é longe. O sol já dava sinais de que ia embora quando chegamos, e fomos seguindo o som do violão que tocava em uma das casas, junto a alguém cantando. Ao chegarmos ao local, vimos que era o dono de uma casa simples que fazia as duas coisas, violão e microfone ligados numa aparelhagem de som. Ficamos do lado de fora, observando da janela, mas depois ele veio conversar com a gente, e em questão de segundos estávamos todos à vontade, conversa solta, sem julgamentos, sem observações cegas, sem aquelas necessidades desnecessárias.

Outro dia assistia a um documentário sobre o nosso Universo, estrelas que explodem o tempo inteiro no vasto espaço... Sensação de infinito... Olho para dentro e vejo o mesmo. Ali, naquela casa simples, daquele sujeito simples, simplesmente explodiam estrelas no meu universo. A simplicidade verdadeira, a vida verdadeira, sem luxos, apenas o necessário. E, em troca, viver de verdade. Como a verdade não existe, posso dizer então tratar-se do "mais verdadeiro possível". Falei uma coisa que muitos já deviam ter falado quando estiveram lá: "aqui é o paraíso". Mas, como nosso planeta é imenso e nosso país também, sabia que tinha outros paraísos por aí, e que aquele lugar era apenas um de muitos pelos quais iríamos passar.

Thiago ainda tocou uma viola e eu toquei *cajon*, e, depois de mais uma conversa, fomos embora. Íamos dormir na Kombi, próximos da aldeia, mas, depois de ficarmos lá por um tempo – ainda era 19h30 –, lembramos de uma pessoa, parente de Thiago, que morava com seu marido, alguém que eu também conhecia. Ambos moravam há 9 km de onde estávamos. Ligamos para eles, que nos receberam muito bem. Comida e banho dos bons.

Aí, de vez em quando, surge uma discussão sobre ter que passar necessariamente pelo pior para poder aprender alguma coisa. Não acho que tenha que ser exatamente assim. Sempre usei o que tinha de melhor nas mãos. A diferença está em não fazer questão, caso precise passar pelo pior, isso sim é o que importa, e a questão é: o que realmente é necessário se ter? Naquela casa bacana em um condomínio bacana, foi uma noite de bastante aprendizado. A experiência não vem da classe, ou da situação econômica de cada um, como acreditam, ainda, algumas pessoas... Vem é de dentro da pessoa. E, lembrando do que aconteceu durante o dia, antes de dormir, em apenas dois dias, dias diferentes, eu sentia o cheiro da liberdade de volta, que vinha sendo sugado enquanto eu crescia... Cansei do olho por olho e do dente por dente, cansei dos donos da verdade. Enquanto eu puder, aproveitarei para ser quem eu sou, sem horários para acordar, sem ninguém para mandar em mim, sem ninguém para me atormentar... E para conhecer pessoas que tenham algo para me ensinar, pessoas que possam dar algo, para que todas as outras percebam que somos células do corpo chamado Terra.

Com seu sorriso, Clarice vai cativando por onde passa. Antes de chegar a Arembepe, fomos parados por um policial, já na Bahia. Ao encostar o carro e cumprimentar o guarda, ele perguntou, sorrindo: "quem sorri mais, vocês ou a Kombi?". Eu sorri e respondi: "aqui sorri todo mundo". Enquanto isso, o outro guarda lia atento as palavras da Kombi, com uma cara que me parecia perplexa e, ao mesmo tempo, como se achasse engraçado. Feitos os devidos deveres de cada um, seguimos em frente... E quanto à preocupação com o gás, passou: Clarice fez quase 300 km – e nos surpreendeu! – sem precisar abastecer até o nosso destino.

À noite, entre uma conversa e outra com o casal, o dono da casa me disse que estudou na mesma universidade de Raul Seixas, e que passava por ele pelo corredor, e que ele era um sujeito tímido. Falou também que a sobrinha de Raul tinha uma casa nesse mesmo condomínio, e que de vez em quando ela aparecia por lá, na casa em que estávamos. Coincidência ou não, não me importa a definição da coisa, o que me importa é a coisa. As pessoas que cruzaram nossos caminhos até então (apenas dois dias) tinham algo a ver com a gente, ou tiveram algo para dizer para a gente sobre pessoas que são referências para nós. E justo Raul Seixas... Não tem como eu não me lembrar da primeira capa que chamou minha atenção no dia em que minha mãe comprou o som.

Quando a gente mergulha, não sabe o que vai vir... Por isso o medo. Eu tenho medos absurdos, mas a diferença é que não tenho medo de tentar enfrentá-los. Onde consegui tanta coragem? É que eu sei que o esforço vai valer a pena, que a vida vai me trazer coisas boas... E, em apenas dois dias, já estava trazendo.

– *Pai... Qual é o antônimo de vida?*
– *Medo, filha... Medo!!*

O vento não inventa,
apenas passeia
E, quanto mais concreto,
mais ele escasseia

O vento voa livre
Desvia das pedras, balança as folhas, os cabelos...
e sussurra em nossos ouvidos:
Vai... olha a vida!!
Escutei, voei, dei vida
Dei até minha vida

O vento é invisível
E pode ser, apenas, sentido

Agora tudo faz sentido:
sem liberdade, a vida não faz sentido

O vento não inventa nada...
Apenas vai

E, apesar de tantos inventos,
é no sentimento
que a vida passeia...

Tal qual o vento

No outro dia voltamos à aldeia, para a casa do mesmo hippie, para trocar mais ideias. No som dele então tocava meu CD, e depois o de Thiago Nuts, o que fez dois turistas irem até nós para elogiar o som... Coisa boa. Enquanto conversávamos e enquanto ele trabalhava, na santa paz, tirei umas fotos de sua casa, com autorização dele, claro. A tranquilidade daquele lugar, a energia que eu sentia, a poucos metros do mar... É das coisas boas que a gente tem que absorver, mas que nunca vão acontecer se ficarmos sentados em um sofá eternamente, nos contentando apenas com o papel de espectadores, enquanto assistimos a filmes e novelas. Ninguém precisa fazer exatamente o que eu estou fazendo, mas uma coisa eu garanto: quanto mais longe você quiser chegar, mais você tem que se jogar, seja lá no que for... Tem que suar. Entre uma conversa e outra, entre uma molhada no dedo e outra para acabar o seu trabalho minucioso, sua arte, o hippie me falou: "só quero uma coisa nessa vida: viver cada segundo dela". Se eu fosse pedir a Deus alguma coisa para ouvir na viagem, tenha certeza de que uma frase seria essa. Mas eu não pedi, nem peço... Eu corro atrás.

Essa não é a vida que eu pedi a Deus,
não peço nada,
eu corro atrás

Talvez, até,
essa tenha sido
a vida
que Ele me pediu

Não sei se acredito em destino, mas creio que não é o caso de discutir isso agora. Voltamos para o condomínio para almoçar e nos despedirmos. Tiramos fotos, todas tendo Clarice como cenário, e seguimos viagem. Próximo destino: Salvador. Thiago tem alguns familiares na Bahia; o pai dele é de lá, ele foi criado lá, e uma tia dele nos deu abrigo na capital baiana.

Já era noite quando chegamos, e, antes mesmo de chegar, o trânsito já era intenso, quase tudo parado, tendência das cidades grandes. Não se pode parar de vender carro, pois o sistema precisa fazer o dinheiro girar, e, enquanto os políticos ficam no discurso de que vão dar um jeito ali e aqui, vamos nos espremendo onde não cabemos mais, ainda que sejam grandes as avenidas, mesmo que muitos carros andem, na sua maioria, com apenas uma pessoa. Geralmente estão apressados, mas muitos ficam presos no trânsito, prisioneiros de si mesmos. Cansei-me dessas coisas. Precisava espairecer, precisava sumir, precisava viajar. Mas, mesmo assim, eu quis passar pela cidade grande... Passar pelos extremos, os dois lados, experimentar todos os gostos, a tranquilidade e o caos. Assim funciona o universo. E, na cidade grande, mal notavam o sorriso que Clarice distribuía a todos que passavam por ela. A correria... Nesta vida que levamos, muitas vezes acabamos esquecendo até de nós mesmos...

> *Para estar vivo, basta respirar*
> *Já para viver, aí a história é outra*

Tínhamos o roteiro em mente, mas eu sempre me perco naqueles viadutos gigantes, em que você não sabe qual via vai fazer o retorno ou entrar para a direita, ou entrar para uma outra avenida... E me perdi. Fomos parar em uma rodovia, que, para piorar, estava em obras, sendo duplicada, eu acho, e estava sem acostamento. O tráfego de carros era intenso. Era um domingo, e impossível parar para voltar. Andei uns 10 km, até achar um lugar em que dava para encostar o carro e fazer a volta. Voltamos, e então o viaduto era outro, e me perdi de novo. Depois de perguntar a um frentista, conseguimos chegar à praia de Itapuã, e dali tudo ficou mais descomplicado, e foi fácil chegar a nosso destino.

Mais uma parada, agora em uma cidade em que eu já tinha ido outras vezes, em diferentes idades. Mas, assim como um rio, que mesmo estando no mesmo lugar nunca é o mesmo, lá estava eu, com minha correnteza, mais uma vez passando por ali, diferente de anos atrás. Agora eu estava em um momento mágico, solto, flutuando, deixando-me levar pela correnteza da vida. E, das pedras que porventura aparecessem no caminho, eu desviaria. Os ensinamentos da vida. É bom passar por lugares apenas de vez em quando e, principalmente, em diferentes idades, fases, sonhos. Vim quando era criança e adolescente, com meus pais; depois com uma menina ao meu lado, ouvindo um CD de Marisa Monte, trilha sonora inesquecível; e também vim a trabalho. Agora, meu único trabalho era viajar, livre. Para onde estou me levando? Não sei... E se alguém souber, por favor, não me diga.

Se alguém achar meus documentos por aí, por favor, jogue-os fora

Em uma tarde fomos ao mercado comprar alguma coisa, e dava para ir andando de onde a gente estava. Foram algumas subidas e descidas, algumas ruas estreitas, sem senso de direção nenhuma – Salvador tem bastante isso –, até chegar em nosso destino. Quando olhei para o outro lado, já em frente ao supermercado, deu aquele frio na barriga, aquela sensação de voltar no tempo e reviver momentos da viagem que um dia fiz com a trilha sonora de Marisa Monte. Salvador é grande, bem grande, e eu não imaginava que estivesse perto, mas, sem querer, coincidentemente, eu estava de frente para o prédio em que dormi um dia, no apartamento daquela menina. Ela já não estava mais lá...

Não chegamos a ir para nenhum lugar à noite. Estava cansado dessa vida corrida da cidade grande, dessa pressa, depois de morar por quase quatro anos em São Paulo. Queria era paz, estava ali só para experimentar. Saímos para dar umas voltas, tomamos umas cervejas com a prima de Thiago em um bar perto de onde estávamos, e conhecemos um louco que tinha muitas histórias boas, muito boas, para contar, e era dessas histórias que precisávamos ouvir durante a viagem. Alguns me perguntaram antes de eu viajar: "onde você achou tanta coragem?". Não há respostas, cada um tem as suas espalhadas por aí. Mas ouvir essas histórias, para mim, é parte de minhas respostas. Cada passo mais largo aumenta o campo das possibilidades, para o bem e para o mal. Cada um é que sabe o quanto e até onde está disposto a ir. Uns ficam parados, outros andam, outros correm, outros voam e tem até os que andam para trás. Todos nós podemos fazer isso tudo, e só há um obstáculo: o medo. Era nessas histórias e nos meus mestres da música, da literatura e do cinema que eu buscava minha coragem. E numa noite agradável de Salvador, o sujeito cabeludo, gente fina, discorria sobre suas peripécias.

Medo de ter medo de não ter medo

Certa vez foi para a Espanha. Uma menina que ele namorava foi morar lá e ele acabou indo depois. Ficou lá por um bom tempo, e depois que acabou o namoro saiu viajando e foi fácil entender por que ele estava com "medo" de encontrar a gente: a gente passando por ali, por perto dele, atiçou seu espírito viajante. Depois de comprar uma Van e sair viajando a esmo, depois de ficar sem dinheiro, depois de ser preso pela polícia de imigração, aprender árabe dentro da cadeia enquanto esperava sua deportação, quando chegou sua vez de ir embora ele pediu para ficar, disse que não queria ir, que lá estava bom, que ele estava aprendendo bastante coisa. Finalmente ele voltou para Salvador, quem sabe, só para nos contar suas histórias. Em sua cabeça já martelava uma ideia de morar no mar, em um barco. A vida segue. Para os que têm paz de espírito, o bom é que fazemos o que dá na telha, não conhecemos nenhum manual de instruções sobre o que devemos fazer e o que devemos ser, geralmente, "para a sociedade". Mas o que importa para nós é a nossa saciedade.

Passamos quatro dias em Salvador e ainda conheci um vizinho que frequentava o apartamento em que estávamos e que nos cedeu um lugar para dormir mais confortável, já que morava só. Depois, iríamos atravessar o mar, rumo à ilha de Itaparica, lugar a que só fui uma vez em minha vida, quando ainda era criança, e, mesmo assim, não passaríamos pelo lugar que visitei. A ilha tinha outros lugares, que era por onde passava a estrada de nosso destino, o sul da Bahia. Enquanto esperávamos o *ferryboat*, que estava atrasado, o cenário era um arco-íris de um lado, e do outro nuvens negras com o sol aparecendo forte por trás. Dava para ver o céu em vários pontos, tempo meio chuvoso e ensolarado ao mesmo tempo, confuso... Comecei a escrever sem parar... Era o meu caderno, meus escritos quase diários, bem detalhados, impossível de passar tudo para aqui. Ao atravessar o mar, eu sentia que ali seria um divisor de águas da viagem. Sairíamos do nosso campo conhecido, já um tanto explorado, para terras diferentes e mais distantes. A única exceção seria Salinas da Margarida, que foi onde Thiago morou até os seus dezoito anos, mas o resto seriam lugares que "alguns até já passei, mas rápido", e outros que eu nem sequer conhecia, cada vez mais longe de casa.

Até aqui, sentíamo-nos em casa. Tinha várias pessoas que podiam nos ajudar, que nos traziam aquela sensação de proteção. Esperando o ferry chegar, já com atraso, penso em um sujeito que vai pular de paraquedas: primeiro ele tem que decidir fazer isso, tomar coragem, ter algumas aulas, pôr os equipamentos necessários, subir no avião e, aí sim, pular. Até subir no avião, pode-se desistir. Mas, depois que pular, não há mais volta, e agora é nossa hora de saltar. Se o paraquedas vai abrir? Só pulando para saber...

▶ **19/04/2012 | Salvador – BA**

E o salto não aconteceu na velocidade da gravidade da Terra mais o peso do corpo, considerando a velocidade do vento etc. etc. O salto se deu na velocidade da embarcação pesada, levando vários carros e vários passageiros, respeitando a força da natureza, tranquila, e desviando o trajeto rotineiro devido ao mau tempo. Os ensinamentos da vida. Observando aquelas pessoas paradas fitando a imensidão do mar, os prédios ficando para trás, fiquei pensando no que cada cérebro daquele estava pensando. Estão voltando para casa...? Ou saindo de casa? Foram visitar algum parente doente e estão voltando? Estão viajando a trabalho? Alguém indo para longe? Alguém preocupado, pedindo força aos céus? Ou apenas mais uma viagem rotineira? Olhando aquela imensidão, a minha viagem era uma pessoa: Renata Agondi. Um ser humano que já faleceu, que apareceu em minha vida e que foi uma pessoa importante para a viagem, importante do nosso jeito, a tal coragem que tanto me perguntam. Eu ando observando... Eu fico ligado nos sinais...

Quando você estava lá,
eu não sabia,
eu só tinha seis anos
Mas eu estaria lá,
mesmo sem saber nadar
Mas eu estaria lá,
Podia o mundo acabar
Mas eu estaria lá,
Para tentar te salvar

E, se não fosse possível, então,
para você me levar

Tudo começou quando, numa sexta-feira à noite, estando sozinho em casa, em São Paulo, fui para a sala e liguei a TV. Sem nada para assistir e passando pelos canais, parei na TV Cultura. Uma das primeiras imagens foi um vídeo dela, apenas sorrindo. Eu senti uma coisa diferente já ali e fiquei no canal. Estava perto do final e, enquanto eu assistia, o amigo que dividia apartamento comigo chegou e foi para a cozinha. Ficou ouvindo o que eu assistia e, depois de um tempo, ele falou em tom de brincadeira, mas fazendo um elogio ao mesmo tempo: "quem é essa? Clarice Lispector?". O texto que ele ouvia eram trechos do diário de Renata. Ela foi uma nadadora de Santos, uma vencedora que faleceu tentando atravessar o Canal da Mancha, França/Inglaterra; uma morte inesperada. As palavras que seguiam no documentário encantavam-me e ao amigo que morava comigo:

"Quando morrer eu quero que façam um livro com meus diários. Sei que não são importantes, mas (...) uma vida, por mais insignificante que seja, é muito importante para aprendermos mais sobre nós mesmos...".

Desse dia em diante, ela não saiu mais de minha vida...

> *Aquele olhar distante,*
> *que no primeiro instante me tocou*
> *E do qual não consigo mais ficar distante*
> *nem sequer por mais um dia*

Nesse dia, eu estava com a cabeça a mil, minha linha de raciocínio tinha dado um nó, saí do quarto para espairecer... Meu universo interior explodia, estava agitado, precisando de forças extras. Eu já tinha decidido largar meu emprego seguro, comprar uma Kombi e viajar por aí. Quando acabou o documentário, a primeira coisa que fiz foi comprar o livro *Renata Agondi – Revolution 9*[8] pela internet, que conta sua história e traz trechos dos seus diários. Mais uma vez respondendo às pessoas que me perguntam sobre minha coragem: são nessas pessoas que encontro, em suas histórias, suas palavras, sua forma de enxergar e, sobretudo, sentir o mundo: "sou um pouco São Tomé: ver para crer... No meu caso é sentir para crer", escreveu ela.

Antes mesmo de o livro chegar, na segunda-feira, mais uma vez fui para a sala para espairecer um pouco. Em minha mente, eu já tinha batido o martelo, mas as dúvidas não paravam de martelar minha cabeça. Liguei a TV e estava passando um filme, que eu não sabia qual era, e não tenho costume de começar a assistir um filme do meio para o final. Mesmo assim, não sei por que, permaneci no canal e logo apareceu uma cena em que algo chama a atenção do personagem principal. Ele parou para assistir a algo na TV e, quando a câmera foca na TV, a notícia era sobre uma nadadora que tinha acabado de atravessar o Canal da Mancha. Arrepiou. Logo depois, em outra cena, ele decide viajar, pegar a estrada, conhecer pessoas e lugares novos. Era tudo a ver com o que eu queria fazer, era tudo a ver com o que eu pensava, e eis que surge um texto falado no filme que não só me marcou, como o tatuei na pele de Clarice. Arrepiou novamente... Sinais? Não sabia, mas tinha uma certeza naquele momento: mesmo que surgissem um milhão de dúvidas, eu não tinha mais dúvida; eu ia fazer essa viagem, eu ia saltar para ver se o paraquedas ia abrir...

Quando perguntam sobre minha coragem, eis uma das respostas...
(Foto p. 152)

---

8 TEIXEIRA, Marcelo. *Renata Agondi – Revolution 9*. São Paulo: Unisanta, 2004.

Li o livro sobre ela e vi que não me enganei... São pessoas assim que eu preciso conhecer. Ela também falava exatamente o que eu queria ouvir, uma forma diferente de sentir o mundo.

"Não me contento só com acordar, ir para a faculdade, trabalhar, jantar e dormir. A vida se resume no amor ... Eu tenho vontade de chorar ... vontade de gritar; as pessoas vão me ouvir, mas não vão me entender".

Prometi que ela viajaria comigo e colei uma foto dela no para-brisa de Clarice.

Loucura? Não sei. Mas, para fazer coisas em que é preciso uma boa dose de coragem, uma dose de loucura cai bem. Quando eu sinto, para mim não faz sentido ficar sentado. Até que chegou o grande dia, o dia em que eu ia anunciar minha demissão. Avisei antes para cumprir o aviso-prévio e, sem querer, o último dia em que eu trabalhei caiu justamente no dia do aniversário de Renata. Não sei quem estava mais louco a uma altura dessas: eu ou as coincidências. Mas, enfim, vamos comemorar...

E nesse mar imenso, deixando para trás o território conhecido, lembro de todas essas coincidências. "Ela atravessaria esse marção nadando", pensei e, por isso, lembrei dela. Suas palavras, palavras simples, um diário, mas cheio de pensamentos, e desses pensamentos que não se encontram em qualquer lugar. Na minha cabeça, na parte de trás da Kombi, além de nossas coisas, iam meus amigos: Fernando Pessoa, Clarice Lispector, Nietzsche, Campos de Carvalho, vários outros a depender do dia, e, agora também, Renata Agondi... Minha trupe. A viagem seria longa, e não estou falando da estrada exterior. Éramos um time de sonhadores, sempre fomos, e estávamos ali juntos, sim, se não de corpo, pelo menos de força dentro do meu corpo, porque sempre quisemos demais uma coisa só: viver cada segundo das nossas vidas e, quanto mais corações, ainda que "imaginários", melhor. A dor não é pequena e não cabe em um peito só.

Quando chegamos do outro lado da ilha, já era noite. O primeiro lugar por que passamos se chamava Mar Grande. Lugar pequeno, um movimento razoável na rua da frente perto da praia, a chuva indecisa se ficava ou se caía. Resolvemos seguir em frente para conhecermos os outros lugares. No caminho, a chuva apertou, mas, mesmo assim, o movimento era pouco e foi uma viagem relativamente tranquila. Em poucos quilômetros, passamos pelos três lugares que havia na ilha além de Mar Grande. No último lugar, Caixa-Pregos, não tinha ninguém nas ruas. Demos uma volta e achamos um bar fechando. Disseram-nos que no inverno ficava sempre assim, e achamos melhor voltar para o lugar anterior em que tínhamos passado, que se chamava Berlinque, já que lá tinha um movimento de pessoas, ainda que pouco. Paramos em um bar onde estavam dois rapazes em uma mesa e um senhor jogando baralho com uma mulher. Cumprimentamos todos, pedimos uma cerveja e conversamos ali, numa noite de quinta-feira chuvosa, calma, em mais um lugar totalmente desconhecido. Informei-me sobre um lugar para dormir e um dos rapazes disse-nos que tinha um lugar bom para a gente. Ele era caseiro, estava sozinho em uma puta casa de frente para o mar, e foi lá que dormimos.

> *Um dia diferente de cada vez*
> *Cada milésimo de coisas novas,*
> *é uma gota de vida que cai de meus olhos*

> *Até então, a viagem tem sido: um dia diferente todos os dias e lugares diferentes com pessoas diferentes. Onde será que está o que eu procuro? Será que vou achar? Sei que está em algum lugar... Há de estar...*

▶ **19/04/2012 | Berlinque – BA**

No outro dia de manhã, com o tempo ainda um tanto nublado, mas com pouca chuva, seguimos para Salinas, terra natal de Thiago Nuts. Fazia onze anos que ele não voltava lá, no lugar em que ele cresceu, em que ele correu livre pelas ruas, em que fez as primeiras amizades, em que descobriu o que é ter um amigo de verdade, onde vivenciou as descobertas de sua adolescência, onde ele podia dizer que se sentia em casa. Mais de dez anos se passaram e era Clarice que trazia ele de volta a este lugar: como será que estariam as coisas por lá? O que cada amigo dele estava fazendo? Para onde tinham ido? Estavam casados?

Diferente das cidades grandes, sobravam ruas para os carros; a tranquilidade era grande. Aos poucos, depois de ele me mostrar onde morava e contar histórias que marcaram sua vida em cada lugar em que passávamos, ele foi revendo cada amigo desses velhos tempos. Para mim, era só mais um lugar novo, e a cada história que eles contavam aos risos, e depois de pensar que foi Clarice que levou ele até ali, o sentido da viagem começou a clarear um pouco mais dentro de mim. Mas isso não era tudo. Era tudo ainda muito novo, era a primeira vez que fazíamos essa tal viagem, e fizemos do jeito que deu. Eu ainda estava preso e não sabia ao quê. Apesar de aproveitar tudo o que a viagem me deu até ali, viagens sensacionais, ainda faltava algo.

> *Cidade em que cresci*
> *Cidade da qual fugi*
> *Onze anos sem pisar*
> *Quem eu seria aqui?*[9]

E se o dinheiro acabasse logo, e se o carro desse algum problema que precisasse gastar grande parte do dinheiro que tínhamos ou se

---
9 Autor: Thiago Nuts.

voltássemos e a viagem acabasse como fora até ali, sem grandes surpresas: valeria a pena? Que valeria a pena, eu não tinha mais dúvidas; qualquer migalha de vida me interessa, mas ainda faltava algo, insistiam meus instintos. Hoje eu acho engraçado quando lembro-me de todas essas perguntas, algumas tolas, sendo disparadas para as pessoas mais próximas ao meu redor, como se eu estivesse me preocupando à toa, com pouca coisa, como alguns acharam.

Acho que é exatamente isso que me diferencia de muitos. Quando buscam uma coisa grande, esquecem das coisas pequenas, e são elas que podem ser decisivas para a grande coisa não acontecer. E era todo o meu dinheiro que estava ali, toda uma trajetória, todo um esforço para suportar o que, para mim, era insuportável, para conseguir juntar essa grana. E tudo isso estava ali, voando, centavo a centavo. E, para conseguir tal feito, foram três anos difíceis, tempo que algumas pessoas que chegavam para falar "relaxe" não tinham nem ideia do que isso significava. Eu sabia que tinha que relaxar, mas não sou uma pessoa fácil: o caminho para o meu relaxamento é mais longo, é mais cheio de curvas, é mais cheio de dúvidas bobas... É que eu gosto de chegar nos lugares mais longes, onde poucos chegam, porque esquecem de se preocupar com problemas pequenos ou acham que basta uma empolgação grande para tudo dar certo. É preciso, sobretudo, agir, e a empolgação tem que ser grande, sim, mas as dúvidas também, senão, pode comprometer o equilíbrio da grandiosidade. Triste dos que enterram as dúvidas e fingem que elas não existem, para se mostrarem fortes. Aí, quando elas se desenterram por si sós, inesperadamente, não sabem o que fazer, estão despreparados. Por isso, minhas dúvidas (das mais simples e bobas às mais complexas) me consomem, me angustiam, mas, mesmo assim, sorrio, porque é dali que vai sair o que eu quero: a paz. A paz desenterrada e não escondida... E não disfarçada... A angústia, ainda que por motivos bobos, apenas faz parte do processo.

Perdi noites e noites para descobrir que, se é para viver de verdade, é preciso perder noites e noites.

Enquanto tirávamos um cochilo à tarde, no dia em que chegamos, comecei a sonhar com uma menina deitada na cama, com seus pés em meu colo, enquanto eu a acariciava, enquanto eu escrevia. Ainda dormindo comecei a pensar em versos... Acordei... Fiquei com aquelas primeiras frases na cabeça, ainda sonolento, tentando dormir novamente, mas as frases não saíam da cabeça... Até saíram mais versos de dentro dela. Não teve jeito, apesar da preguiça: levantei-me, peguei a caneta e passei para o papel... Virou até música...

Você deitada assim de viés
Pernas no meu colo, eu com meus papéis
Uma mão no lápis, outra nos seus pés
Uma mão no lápis, outra nos seus pés
Uma passeava por suas pernas
A outra passeava por um poema
E seu arrepio
era sentido
em minha pena

Quando apertavas minha mão,
sem pôr as mãos,
quem é quem pensa?
Apenas um poema

E quando o poema acabou
a poesia continuou

Jogue fora esse cobertor
Jogue fora esse cobertor

Meu amor!

As pequenas grandes coisas iam acontecendo aos poucos e era assim que eu enfrentava minhas dúvidas. Nunca tinha escrito nada que tenha feito sonhando. Foi a primeira vez e, coincidentemente, na viagem, justamente quando eu mais precisava de coisas assim, que surgem como que do nada, coisas que surpreendem, coisas que fazem disparar o coração, e que, no final, se transformam em força para seguir em frente, que se transformam numa certeza vaga de que é esse o meu caminho.

No caminho em que estou não existem certezas...
Apenas evidências

Pela primeira vez, estendemos o painel e colocamos meus livros para vender. Mas o movimento da praia estava muito fraco devido ao final de semana chuvoso. Mesmo assim, vendemos alguma coisa para os amigos de Thiago e para os donos da casa que nos receberam. Eu não quis receber de jeito nenhum deles, já que eles estavam nos dando comida, banho e cama, tudo de graça. Mesmo assim, eles fizeram questão; queriam ajudar com a viagem. Clarice agradece, o sorriso dela fica ainda maior.

E a impressão que ficou em mim da tranquila Salinas era a mesma de quando voltei a Estância antes de ir para São Paulo pela primeira vez, algo que me preocupa. Antigamente, eu via mais crianças brincando nas ruas e nas praças... Para onde estamos nos levando? Independente dos motivos de isso acontecer, independente do que é certo ou errado, eu preferia como antigamente, mesmo quando arrebentava meu dedão na rua ao calcular mal o chute que ia dar na bola. Eu preferia a praça cheia de crianças brincando de qualquer coisa inventada na hora, em vez de ficar de frente para um computador, talvez. A internet é uma invenção espetacular, mas eu gostaria que as pessoas não trocassem o contato pessoal por uma tela quente, quase febril. Dá para fazer os dois ao mesmo tempo.

Chegamos na sexta e viajamos no domingo. Saindo de Salinas, depois de uns 20 km rodados, depois de parar para tirar uma foto da paisagem, o carro começou a perder força. "O que houve, Clarice?", pensei. Acelerava e nada. Converti o combustível para a gasolina e ela voltou a funcionar normal. Era algum problema com o gás. Menos mal, deu para seguir em frente. O problema seria achar um lugar para consertar esse problema; nem todos os lugares têm gás para abastecer, e oficinas para carros com gás geralmente só tem onde tem postos que abastecem. Mas não tinha jeito e seguimos. Um susto de leve e um problema para resolver.

Agora só tínhamos mais um objetivo, além do de seguir em frente: se aproximar do mar. O mar que tantas vezes abracei quando era pequeno, o mar que, entre uma brincadeira e outra, fazia-me ficar viajando, olhando aquela imensidão, aquele céu cheio de nuvens, vazio de prédios... Era como se algo ali na linha do horizonte, enquanto eu ficava sentado na praia a observá-la, me chamasse, como se já soubesse da minha curiosidade sobre o mundo desde pequeno, como se dissesse: "o que está fazendo aí sentado? Vamos, levante-se, venha me conhecer!". Mas tudo isso eu só conseguia sentir. Não sabia o que era nem onde ia dar, não sabia que ia ser difícil, mas eis que estou aqui, e sei que meu destino era me levantar para ver mesmo... Meus sentidos raramente falham comigo, e faço de tudo para fazer o que minha alma me pede. E ela é exigente, tem pedidos todos os dias.

Seguirei seguindo segundo minha alma...

Chegamos em Valença e tinha um posto com gás, mas o frentista nos disse que lá não tinha oficina, só em Santo Antônio de Jesus, o que faria a gente voltar uns 70 km. Não valeria a pena, além do que, era domingo. Nosso destino era Itacaré, e fomos na gasolina mesmo.

Antes de chegar lá, passamos por cidadezinhas tranquilas, pequenas, alguns sorrisos nos surgiram no caminho e eu curtia muito a vida mansa daquelas pessoas. E, nos últimos 50 km para chegar a nosso destino, passamos por uma serra que fez Clarice suar. Fazia um sol forte, a estrada não tinha acostamentos e tinha muitas subidas, descidas e curvas. Primeira serra que Clarice enfrentava.

Com uma dor no ombro, que herdei ao trabalhar no caixa (quando faço esforço dói), chegamos em Itacaré... Mas eu nem ligava para a dor, apesar de estar doendo pra caralho...

Momento inspiração – Itacaré – BA (Foto p. 155)

Muitos seguem tudo à risca
Risquei a risca
Rabisquei uns versos
A busca da vida
A isca do universo

Enquanto seguíamos em busca de uma praia bacana, vi que uma menina, acompanhada por uma amiga, tentava rapidamente tirar algo da sua bolsa, que eu deduzi ser uma máquina digital, já que ela olhava tanto para Clarice, e ria também. Fiz graça, pus a cabeça para fora. Trocamos umas palavras ali, elas perguntaram o que a gente estava fazendo e, ao saberem que ainda íamos rodar muito, fizeram cara de espanto. Mas curtiram a ideia.

Assim como um prédio de cem andares que vai se formando tijolo a tijolo, a viagem ia acontecendo. Cada vez mais, aquela luz que brilhava intensamente quando adolescente, e principalmente quando criança, e que foi sendo coberta à medida que fui crescendo, responsabilidades, aquilo foi me acabando... Não nasci para fazer o que não quero... Preocupações... A vida é o oposto disso. Então essa luz ficou ofuscada, apesar de eu sentir sua claridade por trás das nuvens, apesar de saber bem que ela existia. Aos 29 anos, resolvi fazer o que gosto, ser quem eu sou, chegar o mais próximo disso e, o principal, aprender um pouco mais. Cada cumprimento, não é a vaidade que toma conta de mim. É só Clarice passando por ali, fazendo pessoas rirem, fazendo pessoas pensarem, fazendo pessoas ficarem curiosas; é isso o que me deixa feliz. Quando a linha do horizonte convidava-me e dava-me um frio na barriga, era minha curiosidade sendo cutucada e meus sentidos obedecendo à minha alma, e era tão bom, que me alegra despertar também a curiosidade das pessoas. Elas podem sentir a mesma sensação que eu sentia... Sair da mesmice, eu aconselho. Esse despertar é como se dissesse: "olha, vem ver como é delicioso e interessante o novo".

E, sem exagero nenhum, nunca vi um céu mais estrelado que o daquela noite de domingo, em Itacaré, na Bahia. Lugar da energia boa, apesar de já estar um tanto aburguesado, mas é o ritmo da coisa, é a tendência. Alheio a isso, eu viajava naquele céu e, com um sorriso, olhei para baixo, para o mar, para a linha do horizonte, e dei uma piscada de olho para eles. Agora mais portas se abriam, ali, debaixo daquele céu.

Não achamos camping e não tínhamos lugar para tomar banho. Num bar em que paramos, tinha um chuveiro natural. Não podia usar xampu, nem sabonete, a água ia direto para o mar... Mas para quê? Tomamos um banho só de água mesmo e fomos dar uma volta. No lugar em que estacionamos, algumas pessoas paravam para tirar foto de Clarice e para ler o que estava escrito atrás dela, principalmente, devido à posição em que ela estava estacionada:

Larguei meu emprego seguro
e sem seguro-desemprego
Para cair na estrada e deitar na grama
Para pisar na areia e pisar na gana

Sem vaidade
Uma Kombi basta
E haja viver
E haja viajar

 A viagem, podia-se dizer, estava só no início e, se fôssemos obrigados a voltar dali, já teria valido a pena. Mas eu ainda queria mais, eu sentia que faltava muito, o tal algo que faltava. Mesmo assim, quem, uma hora dessas, lembra que Clarice ainda está com um problema no gás e precisa de conserto? Era nesses mergulhos, de enfiada, na profundidade, que várias portas se abriam, que várias portas foram derrubadas, chutadas. Mas ainda havia muitas para serem abertas. Apesar de tanta profundidade até então, ainda estava raso demais para mim. Eu queria mergulhar ainda mais.
 E é uma pena que a máquina digital não consiga captar o que vi nessa noite. Foi debaixo desse teto, feito por Deus como alguns dizem, e ainda que tenha sido feito pela natureza mesmo ou por uma explosão, não deixava de ser surreal. Um dia vi uma propaganda interessante na TV e lembrei dela nesse dia: na cidade grande, dentro de uma sala de um dos tantos prédios comerciais em volta, uma moça se impressiona com uma florzinha que estava nascendo no vaso a ponto de chamar a atenção de todo mundo, e todo mundo, ao ver que era "só isso", se decepciona. Mas eu sou que nem essa moça que se impressiona com a simplicidade, que enxerga o que muita gente não enxerga, a beleza da vida... Culpa da correria... Só sei que

dormimos embaixo desse teto, muito melhor que o teto branco do meu quarto, apenas enfeitado por um ventilador que gira mecanicamente. Uma máquina, que só obedece. Ali, naquele momento, não: era tudo improviso.

Venha meu amor
Improvisar as previsões

Apesar de um certo receio, mas depois de conversar com um pessoal que morava lá, dormimos dentro de Clarice, ao som das ondas do mar, música que muitas vezes ouvi antes de dormir na minha infância e adolescência. Pacientemente, as ondas estão lá, todos os dias, nos servindo, nos fazendo dormir suavemente, nos fazendo surfar. Eu estava escrevendo a história da minha vida, e a eletricidade do meu cérebro estava a um milhão, não me dava trégua. Tudo isso porque quebrei as regras da vida. Mas era quebrando que eu iria me consertar. Aprendi com os ensinamentos dela mesma...

O próximo destino era Ilhéus, e voltamos a pegar a serra. E era como se cada esforço fosse recompensado com algo novo, mas não algo superficial ou raso: era para abrir o sorriso inevitavelmente. Clarice fazia-me sorrir ainda mais, fazia os outros sorrirem, fazia os outros pensarem... Foi o final de semana dos cumprimentos, das pessoas que cruzaram nossos caminhos para darem força de alguma forma, para deixarem a mensagem: "vão em frente!". E, mesmo com a dor no ombro incomodando por causas das curvas e descidas, veio mais uma recompensa: de repente, essa visão, o mar lá embaixo, a praia, os coqueiros... Era a serra acabando.

Final da Serra Grande, a caminho de Ilhéus – BA (Foto p. 156)

Passada essa parte difícil, já lá embaixo, logo na primeira reta um carro nos ultrapassa buzinando, cumprimentando, como se dissesse: "é isso aí... Bota pra fudê!". E era isso mesmo: a menina que estava no banco da frente, do lado do passageiro, quando viu o sorriso de Clarice aos nos ultrapassar, botou a mão para fora com empolgação, com sinal de positivo... Cada vez mais entendo a vida e, com certeza, esses que se manifestam mais empolgados são os mais sonhadores... Pessoas que me fazem sonhar ainda mais.

Na noite em Itacaré, apesar do romantismo de dormir dentro de uma Kombi em uma praia longe de casa, desconhecida para nós, sob um céu estrelado, estrelando dois "não estrelas", mas ao mesmo tempo, sim, duas estrelas, dormi mal pra caralho. Estava abafado, muriçocas cantavam em meus ouvidos e até tinha uma que parecia estar desesperada para me dizer alguma coisa... Ela não saía de perto do meu ouvido. Foi metade do repelente e não resolveu muita coisa. Consegui dormir e acordei umas duas horas depois. Não dava para esticar as pernas, e o volante ainda atrapalhava quando eu ia me virar, quando ia mexer minhas pernas. Mas, mesmo assim, apesar de dormir mal pra caralho, foi mais um dia também do caralho. As recompensas iam surgindo, as estrelas brilhavam ainda mais dentro de mim.

Em Ilhéus tinha um posto com gás, mas o frentista nos disse que oficina só em Itabuna. Sem problemas. Tem uma amiga minha que mora lá, uma pessoa dessas de espírito livre, personagem perfeita para fazer parte da história da nossa viagem. Além do que, ficava só a uns 30 km de Ilhéus, e seguimos para lá. Estava tudo parecendo fácil demais até chegarmos em nosso destino e pedir informação em um posto sobre um lugar para resolver nosso problema. O sujeito nos mandou para um lado, não achamos, e perguntamos para outra pessoa. Ele nos mandou para o outro lado, no sentido oposto ao que fomos. Não achamos também. Perguntamos para uma outra pessoa, que nos mandou ir por outro caminho, diferente dos dois anteriores. Nesse terceiro trajeto, o velocímetro parou de funcionar. Mais um problema. Pelo menos, apesar das informações desinformadas, eram problemas fáceis de resolver. Quando perguntei a uma quarta pessoa, um outro frentista, foi um sujeito que estava abastecendo sua moto que nos informou corretamente o lugar. Chegando lá, era só um cabo solto lá atrás. O dono da oficina não nos cobrou nada e, depois de perguntar o que era aquela Kombi toda pintada, sorriu e perguntou se não tinha uma vaga para ele. "Eu estou precisando mesmo fazer uma viagem dessas." Espero que você consiga, meu caro... Estou torcendo muito por você.

Depois de chegar no hotel de um preço legal, fomos almoçar, e à tarde levamos Clarice para consertar o velocímetro. Tive que andar bastante para achar a peça que estava desgastada, um copinho. Na primeira loja em que fui não tinha, e tive que procurá-la embaixo de um sol escaldante. Aí, lá vai eu viajar, andar devagar, divagar mais uma vez.

Eu já tinha ido visitar essa amiga um ano e meio antes, e já tinha passado por aquelas ruas. Eu absorvo a energia, as lembranças do lugar, os entendimentos e desentendimentos das histórias dos locais por onde passo, e levo comigo. Deixo tudo lá dentro, enquanto outras coisas vão acontecendo. E vai tudo se misturando. E ali estava eu novamente, sob um outro contexto, com uma nova visão, com meu peito mudado, respirando e batendo mais fácil. Mesmo quando o assunto era resolver problemas, para mim eram mais portas sendo derrubadas. Com o tempo, cada vez mais perdi menos tempo com essas coisas... Preocupações. Os problemas existem, só precisamos mudar a forma de encará-los. Cada vez mais, tudo, seja lá o que fosse, era diversão. E os sustos eram para nos cutucar, para dar uma graça a mais na viagem, e, quanto ao resto, era andar devagar, divagar e relaxar, apesar de que, mesmo sendo uma cidade relativamente pequena, os carros também já se espremessem pelo lugar. Mas minha amiga estava lá...

Itabuna – BA (Foto p. 156)

Na oficina, tinha um sujeito bem simples, com suas palavras cruzadas nas mãos, e, ao ler a frase de Raul tatuada em Clarice, começou a cantar: "Viva... Viva a Sociedade Alternativa", e ainda dizia para outro sujeito ao seu lado: "isso é que é música... Esse cara era foda!". Eu apenas ria, observando. Depois, sem ele perceber, eu notei que ele lia atenta e vagarosamente o trecho do filme, também escrito em Clarice. Ao terminar, balançou a cabeça positivamente, como se dissesse: "é isso aí! Vão em frente!".

Depois de uma noite agradabilíssima, depois de essa amiga tocando *Infinita Highway*[10] no violão e cantando: "só pra ver até quando Clarice aguenta", música-hino da viagem, depois de mais força para a viagem, seguimos para nosso próximo destino, Porto Seguro. Lugar do tal descobrimento do Brasil, o lugar descoberto mesmo já tendo gente habitando aqui; desde o início as coisas eram distorcidas. Mas agora os tempos eram outros, índios diminuem à medida que o tempo passa e prédios vão sendo levantados. Já foi quase tudo dominado, e, mesmo assim, para eles, os tais homens brancos, parece estar tudo bem... Quando chegamos em Porto Seguro, procuramos um camping (comprei uma barraca em Itabuna; não tinha como dormir em Clarice todos os dias. Pelo menos por enquanto, estávamos viajando todos os dias e só eu dirigia).

Ainda estávamos conhecendo, estávamos ali para experimentar. Sempre considero as primeiras vezes apenas o primeiro degrau, o pri-

---

[10] ENGENHEIROS do Hawaii. Infinita Highway. In: *A Revolta dos Dândis*. São Paulo: BMG Brasil Ltda., 1987.

meiro passo para o que ainda pode ser. Na maioria dos casos, haverá falhas, e aí o que vai contar é a disposição para encarar esses erros. O que vai fazer a diferença é a disposição de lutar, de suportar, de ter forças para tentar outra vez (esse, geralmente, é o segundo degrau. E, quanto mais a escada vai se formando, quanto mais degraus construídos, aumenta o nível de dificuldade e também a altura... Quanto mais longe se cair, a dor vai ser maior). O mesmo cara da capa roxa, que me apresentou à profundidade da música, ensinou-me: "tente outra vez". Todas as primeiras vezes, eu me permito errar; é tudo para conquistar a experiência, é o apresentar. Ainda estávamos meio perdidos, apesar de toda a viagem já viajada... Eu ainda sentia que faltava algo.

Mas até então, ao tomar banho no camping e voltar para o centro de Porto Seguro, era isso o que estava acontecendo. Tudo estava em seu lugar; eu é que ainda não estava no meu. Apesar de tudo o que já aprendi, ainda faltava aprender mais, apreender mais, compreender mais. Mas o ritmo era esse, o universo é infinito, e era mais um lugar que estávamos conhecendo. Encostamos o carro e saímos para dar uma volta e sentir o ambiente. Lugar legal, movimentado, mas apenas passeamos, não fizemos nada. Não sei por que, algo não me empolgava para estender meus livros e tentar vendê-los. Não sei se era porque o lugar não era como eu queria que fosse ou, se era, talvez, porque não era para ser isso isso mesmo ou, ainda, talvez, por causa da minha timidez... Mas não me empolgava. Mesmo assim, eu sentia os estrondos dentro de mim, em silêncio. E, antes de chegarmos no camping para o nosso descanso, ao entrar no carro e bater na chave, nada de Clarice ligar. Não era a bateria, e a luz que convertia o combustível estava piscando, estava estranho. Depois de empurrá-la e tentar fazê-la pegar no "tranco", não teve jeito, chamamos o guincho.

Foi uma noite tensa, de muitas perguntas a mim mesmo, de muitos pensamentos; as dúvidas pairavam no ar. Desde o início eu sabia que ia ter a empolgação e que, depois, viria a realidade; alguns até me alertaram disso. Mas não era questão de ser fácil, era questão de encarar o difícil, e começamos justamente pela vontade, pela empolgação, até vir a realidade e, depois, a luta pra valer... A disposição para encarar a realidade. Mas nem podia pensar em voltar mais. Dali não tinha mais volta. Agora, só podíamos olhar para frente... A vida me ensinou... Tente outra vez.

> *Mesmo quando quase voltei*
> *sabia que não ia voltar*
> *Eu só vou até lá,*
> *no mais fundo*
> *Para aprender,*
> *mergulhar*
> *Para quando voltar,*
> *ter mais fôlego,*
> *para poder respirar mais*
> *com menos ar*

Voltamos para o camping e, no outro dia, chamamos o guincho novamente e fomos para uma oficina. Não era nada de mais, era a própria peça que convertia o combustível que não estava funcionando, e era só desencaixar a peça, mais uma que aprendemos. Só que a peça não tinha como consertar e não vendia por lá. Teríamos que continuar só na gasolina, mas isso não era necessariamente um problema, já que gás só ia ter lá para frente, em Linhares, no Espírito Santo, que era onde a gente iria abastecer, e o gás já tinha acabado.

Pela BR-101, ainda na Bahia, um carro encostou ao nosso lado, o motorista buzinou, deu aquele sinal positivo de "é isso aí", enquanto nos ultrapassava. A cada passo dado, a força necessária aparecendo por acaso, no caminho. Pequenos e simples gestos, apenas saber que tem alguém que entende esse espírito viajante que nasceu abraçado comigo, grudado em mim com medo de eu abandoná-lo; quem iria levar ele para os lugares? O sujeito ainda fez um comentário em nosso blog, mais um sonhador, e são essas pessoas que fazem meu espírito viajante me agradecer e me fazem entender o medo dele de não ter ninguém para levá-lo a conhecer os lugares por aí. Ponho-me no seu lugar.

Ainda na Bahia, avistei uma pedra enorme de longe e pensei que seria legal se essa pedra se parecesse com alguma coisa, algo que tivesse a ver com a viagem, algum sinal, sei lá. Ao chegar mais perto da pedra, vi a figura da estátua famosa *O pensador*. O primeiro CD que eu comprei em minha vida, por ter sido tão marcante, tanto é que eu ouvia a fita K-7 todos os dias, toda hora, foi o de Gabriel o Pensador. Na capa do CD, o desenho dessa estátua. Coincidências? Não sei... Mas para que saber?

E foi nesse mesmo dia que entramos em mais um estado depois de mais ou menos mil quilômetros na extensa Bahia. Um dia, viajei de ônibus de Aracaju para Brasília e, em 24 horas de viagem, passamos 23 horas e 58 minutos dentro da Bahia, creio eu... Isso, para o Oeste, e agora íamos para o Sul. O estado é grande e passamos por mais essa etapa. Espírito Santo, o nome do novo estado é sugestivo. Apesar de problemas para resolver e passados alguns transtornos, estava tudo bem. Continuávamos a passar pelas cidades pequenas, mas tivemos que nos distanciar do mar e pegar a BR-101.

Perto de anoitecer, paramos em São Mateus, já em Espírito Santo, e dormimos, para, no outro dia, novamente ver o mar.

E antes de chegar em Vitória, nosso reencontro com o mar, passamos em Linhares para ver se tinha a peça que converte o combustível. Depois de tantas informações desinformadas novamente, achamos até um sergipano que trabalhava em uma loja de autopeças – de tantas em que passamos – encontramos o lugar. Só que a peça tinha que ser da mesma marca da minha, e ele não tinha. Nesse caso, se eu fosse colocar de outra marca, teria que trocar outras peças, e ia demorar o dia inteiro, já que tinha dois carros em nossa frente e ainda o horário de almoço. Expliquei que estava viajando, e ele me falou que só tinha um jeito então: fazer uma ligação direta, e foi o que acabou sendo feito. Tomou as precauções necessárias, fita isolante, fusível, e funcionou. Perguntei quanto foi e ele não nos cobrou nada; disse que não fez o serviço direito. Pessoas honestas, sem espírito ganancioso, alimentam minha alma.

> *De gana em gana,*
> *eles se esganam*
> *e enganam a si mesmos*
> *De gana em grana,*
> *eles se esganam*
>
> *E o que é pior:*
> *acham que é assim mesmo*

Em Vitória tínhamos duas opções: seguir direto e pegar o litoral lá na frente – esse caminho seria o mais curto –, ou ir por Vila Velha, caminho mais longo, mas que passava pela ponte. A essa altura, eu estava preocupado com minhas economias. Antes de sair de casa, no dia 13 de abril, calculei uma porcentagem para viagem, outra porcentagem para pagar o seguro do carro – que foi parcelado em seis vezes –, e uma outra porcentagem para o caso de eu voltar para casa, para me manter por umas semanas. Até então, queríamos ficar o máximo possível na estrada, e era isso o que me incomodava: não estávamos vendendo os livros, eles também não seriam suficientes para nos manter na estrada o tempo todo, o dinheiro estava começando a preocupar-me e eu ainda sentia que faltava algo.

Não vi nenhuma placa indicando o primeiro caminho, o mais curto, e fui seguindo sempre o fluxo. Em um determinado momento, ainda em dúvida por qual caminho seguir (na verdade eu queria mesmo era ir pela ponte, era a questão da economia que me perturbava), falei para Thiago: "vamos deixar o destino nos levar. Já que estamos perdidos mesmo, no primeiro lugar que a gente achar, a gente vai". E, depois de fazer uma curva fechada, sem imaginar para onde estávamos indo, demos de cara com o pedágio para passar pela ponte... Ainda bem que assim quis o destino.

Terceira ponte – Vitória/Vila Velha – ES (Fotos p. 158-159)

Uma puta construção; eu também vejo beleza no concreto. Não vejo beleza é no descaso com o futuro, no descaso com o fato de que aquilo vai prejudicar outras pessoas, incomoda-me o "custe o que custar", o não se preocupar com o meio ambiente. Mas, também alheio a isso naquele momento, eu só queria voar, e meu disco voador era branco, tinha quatro rodas e seu nome era Clarice.

Dali de cima dava para ver bem o que se tornaram algumas cidades do Brasil depois de 512 anos da chegada dos portugueses em Porto Seguro.

Passando por Vila Velha – ES (Foto p. 160)

Mas eu estava ali apenas para voar, e, voando, fomos para perto do mar, a Rodovia do Sol, a ES-060 e, claro, mais um pedágio.

Por entre grandes construções,
a instrução era:
pelo mar

Olhar para lá e não ver nada
Apenas um céu gigante e,
no máximo,
um ou dois barcos de pescadores

 Essa rodovia nos levou até Guarapari, lugar em que fui com meus pais uma vez, e, por isso, queria passar por lá novamente. Nessa primeira ocasião, eu devia ter, no máximo, quinze anos. Mais ou menos quinze anos depois, eu voltaria a sentir aquelas primeiras sensações que eu senti quando vim pra cá, lugar em que eu prometi, na época, um dia morar e que hoje, se acontecer, vai ser por acaso. Mas naquela primeira ocasião, não sei se por ser um lugar distante de casa e isso ter instigado meu espírito viajante, não sei se por ser um estado e uma região nova, coisas diferentes do que eu estava acostumado, o fato é que mexeu muito comigo. Claro que ali naquela ocasião única, naquela única visita a essa cidade, por entre sonhos que passeavam pela minha cabeça, jamais poderia imaginar que um dia voltaria lá, não para morar, mas, sim, passeando com uma Kombi sorridente.
 De Vila Velha até Marataízes foi praticamente o tempo inteiro vendo o mar.

Seguindo para Marataízes – ES (Foto p. 161)

Essa coisa de sonhar nos leva longe
E nem precisa sair do jeito que a gente sonhou
Basta que ele nos leve a algum lugar... diferente.

Era uma quinta-feira, e achamos um camping em uma casa também de frente para o mar. Nessa rua da frente, praticamente ninguém por lá. Apenas aproveitamos para ir em uma *lan house* atualizar o blog, o que há muito tempo não fazíamos, e para andar um pouco por ruas diferentes. Ao voltar para o camping, peguei meu caderno já um tanto surrado e escrevi por um bom tempo.

Como já está muito claro, gosto muito de estar perto do mar. Quando eu estava em Salvador, conversando com Thiago enquanto andávamos pela orla, falei: "de um lado, o caos... Do outro, a calma. De um lado, a civilização, a correria, o engarrafamento... Do outro, a paz, o infinito, a natureza. E nós dois bem ali, na linha que separa tudo isso".

Gosto do mar, talvez, porque é ali o máximo onde posso chegar de onde quero estar. Quem sabe um dia more no mar, longe de tudo o que nos distancia de nós mesmos, e dos outros, longe dessa gente sempre cheia de razão, de verdades próprias como se fossem a ABSOLUTA, cheia de mentiras, de julgamentos, de ilusões. Cansei disso tudo, e o mar me acalma. Dormirei ouvindo, mais uma vez, sua música, leve como a natureza; os ensinamentos da vida, a aprendizagem da alma. Levanto a vela e deixo o vento me levar...

▶ **26/04/2012 | Marataízes – ES**

De volta à BR-101, mais um novo estado: Rio de Janeiro. Passamos por Campos dos Goytacazes, Macaé, Rio das Ostras, outras pequenas cidades, e paramos em Búzios. A ideia era aproveitar o feriado para ver se vendíamos alguma coisa, mas não foi uma boa ideia. Poderíamos ter pensado em outro lugar, mas não sabíamos. Achamos o lugar muito elitizado. Mesmo assim, já que estávamos lá, estendemos o painel, e ninguém parou para perguntar nada. Mas, enquanto nada acontecia, Thiago tocava violão e eu toquei um pouco também. No outro dia, em outro lugar movimentado, à tarde, estendemos o painel novamente, e, novamente, nada de ninguém parar, aliás, quase ninguém. Na primeira vez foi um argentino que parou, e não consegui entender o que ele queria, mas deu para entender que não era poesia... Não sei se só nessa época ou sempre, mas estava lotado de argentinos; acho que 50% das pessoas que vi por lá. Da segunda vez, foi um sujeito simples que parou, elogiou nossa atitude de "vender conhecimento". Conversamos bem rápido, ele parecia apressado, e também não levou nada. Da terceira vez, uma menina se interessou, perguntou o que eram aqueles livros enquanto passava, respondi, mas, quando ela quis voltar, o namorado, que ia com ela ao seu lado, não deixou. Torço para que esteja bem acompanhada, pelo menos...

E, independente de qualquer coisa, o lugar era agradável, as ruas estreitas me agradaram, valeu pelo menos ter conhecido e, sobretudo, experimentado mais um lugar, com pessoas que veem a vida de uma forma diferente, que parece não ser a nossa visão. Mas há espaço para todos. Agora, sim, entendo o ditado: "quem não estiver satisfeito, que mude de lugar". Depois que aprendi o real sentido disso, em vez da forma manipuladora com que muitos usaram essa frase perto de mim, minha vida mudou, e, depois que ela mudou, tenho sempre que estar mudando, até achar o meu lugar, e ainda com uma possibilidade que assusta um pouco: posso descobrir que não há lugar nenhum... Será? Estou procurando...

Clarice já ia além dos seus 2 mil km rodados. Só que, quanto mais conhecíamos lugares e renovávamos nossos espíritos, mais a questão da grana me preocupava. Búzios me fez pensar em muitas coisas, algo que se misturava dentro da minha cabeça e a que eu não conseguia dar forma, não conseguia visualizar. Ia acontecer a Virada Cultural em São Paulo no dia 5 de maio, evento gratuito e com bastante gente, e decidimos ir para lá. Mas, apesar de tudo de bom que já tinha acontecido, havia o receio de já ter que voltar, e ainda faltava-me aquele algo. Porém não havia outra direção, senão seguir em frente. Minha bússola era minha intuição. E, antes de partirmos, conhecemos um casal de argentinos que estava viajando pelo Brasil de bicicleta, e o rapaz até já viajou de Kombi pela Argentina. A conversa durou um cigarro, e, na fumaça que pairava sobre nossos sotaques diferentes, eu enxergava uma frase nítida a minha frente: "sigam em frente!". Eles são músicos e ganham a vida tocando por aí... Como são afortunados... Para quê Mega-Sena, homens... Para quê?

Mais de 2 mil km rodados... (Foto p. 164)

Hermanos de estrada
Somos pessoas de "bom estado de espírito"
Fronteiras e trincheiras não nos significam nada

De carro, bicicleta, a pé... Trailer

Nenhuma linha,
são todas imaginárias,
vai nos enforcar...

Queremos viver!

*Somos livres, independentes,
independente de qualquer coisa...
Essa moralidade, muitas vezes cínica,
não tem nada a ver com a gente...*

Ah, essa prisão ao ar livre... Invisível

Mas enxergamos...

*E, para comemorar a liberdade,
tocamos uma música em praça pública,
nas ruas, nos bares...
para todos, sem exceção, que passarem*

*Mesmo se muitos estiverem apressados ou distraídos...
Ou presos dentro de uma moralidade,
há sempre os seres livres para aplaudir,
para deixar uns trocados,
o suficiente para vivermos*

*E, mesmo que não haja ninguém,
continuaremos a tocar,
porque levar essa vida sem música...*

Como a gente iria suportar?

Na estrada, paramos em um restaurante de um casal supersimpático. Era *self-service*, e a comida estava tão bonita que acabei colocando um pouco mais do que costumava comer. Enquanto eu pensava em como ia comer tudo aquilo, para não desperdiçar, tanto o senhor como a senhora, ao ver meu prato, falaram para mim: "Só isso? Pode repetir se quiser...". Eu achei graça. Saindo de lá, ao passar a primeira marcha, avistei um circo a minha frente. Vi uma menininha lá dentro, de mais ou menos uns quatro anos, apontando para Clarice e soltando uma gargalhada, achando graça, achando o maior barato. Essa imagem ficou marcada em minha mente, fotografia única. Eu sorri tanto quanto ela e Clarice. Dali de dentro do circo, onde uma das suas funções é fazer o público sorrir, Clarice dá mais um sorriso para aquela garotinha, uma risada nova, única, por acaso... Pessoas puras de espírito comunicam-se diretamente comigo... Eu entendia muito bem a mensagem: "vão em frente!".

Antes de São Paulo, a maior cidade da América do Sul, passamos pelo Rio de Janeiro, a capital. Mais uma ponte, a Rio-Niterói, mais uma dessas loucuras feitas pelos homens. A ideia era ir pela Rio-Santos para São Paulo e, se desse, passar pela orla do Rio. Não conseguimos nenhum dos dois. Ou não vimos as placas que indicavam a Rio-Santos, ou não tinha placas mesmo. Fato é que caímos na Dutra, mas sem estresse. Só de voar novamente com meu disco voador por cima do mar, já valeu, e muito. Um dia a gente volta lá...

Ponte Rio-Niterói – RJ (Foto p. 165)

Como não pegamos o litoral, decidimos dormir em Volta Redonda, mas lá só achamos hotéis caros, e os dois mais baratos não tinham vagas. Perguntamos a um taxista e ele disse que tinha um motel no meio da estrada que ligava a cidade à Rodovia Dutra, a uns 30 km, e que também hospedava viajantes. Mas não achamos o tal motel ou, quem sabe, ele não existia. E voltar não seria a melhor ideia. Então dormimos na próxima cidade, Barra Mansa. No outro dia, São Paulo.

A estrada é duplicada até São Paulo, o que tornou a viagem menos cansativa. Mas, como tudo na vida tem um preço, mais pedágio.

Chovia bastante em alguns momentos. Na maior parte do tempo, o céu estava coberto e começou a fazer um puta frio. Depois do calor intenso na maioria dos lugares em que passamos enquanto viajávamos, chegaram as nuvens e o frio. Mesmo assim, Clarice permanecia como sempre, andando em seu tempo (nas subidas, ia na terceira, às vezes na segunda marcha) e sorrindo sempre... Dificuldades não são obstáculos... Para nós, apenas diversões...

Não existe uma grande vitória para quem não namora o precipício
Vida sem risco, corre-se o risco de naufrágio

Ficaríamos em São Paulo por tempo indeterminado, foi o que decidimos. Era hora de parar, sentar e ver o que íamos fazer. Iria ficar no mesmo apartamento que morei por dois anos e meio e de onde tinha saído três meses atrás. Entrando na cidade, na avenida tão conhecida por mim, com ela, Clarice, fiz o mesmo caminho de casa para o trabalho (eu ia encontrar um amigo meu que ainda trabalha lá) e via os ônibus passarem lotados, no mesmo vai e vem de todos os dias e desde muito cedo. Quantas vezes fui e voltei, cinco dias por semana durante oito meses, nesse último lugar em que trabalhei? Era todos os dias a mesma batalha, todos os dias um novo suor, tudo isso por causa da tal segurança financeira. Ao ver meus colegas de trabalho reclamando quase todos os dias apenas ali para nós, eu sentia que também queria reclamar. Mas reclamar ali onde eu estava, apenas ali, sabia que não ia adiantar muita coisa. Quando a coisa fica assim, se o lugar não pode mudar, eu é que mudo de lugar.

Depois de praias, metrópole
Depois de sol escaldante, chuva e frio
Depois de paz, caos

Correria...

*Mas nós largamos nossos empregos
e nosso horário quem faz somos nós mesmos*

*Horário de pico?
Quando estou escrevendo ou compondo*

*Engarrafamento?
Só se for de ideias*

Mas, independente do sorriso exposto de sempre, esses dias seriam decisivos, no mínimo, para a gente decidir voltar ou arranjar uma forma de ganhar uma grana que sustentasse a viagem. A bem da verdade, eu ainda não estava com saco de voltar para esse vai e vem igual de todos os dias. Deixei os dias seguirem, e o tempo, através do vento, trazer a resposta pela janela do meu novo velho quarto... Lugar onde produzi muita coisa, lugar onde viajei muito; aliás, muita coisa sobre essa viagem atual foi arquitetada lá dentro.

Mas antes, no dia em que chegamos em São Paulo, debaixo dessa chuva, fomos para a casa de dois amigos. Um deles eu conheci no treinamento que a gente faz antes de entrar no banco. Antes de eu sair do banco, nos últimos oito meses trabalhei na mesma agência que ele, essa da qual eu pedi demissão e onde fui lá pegá-lo, para de lá seguirmos para seu apartamento. Quando cheguei, dois ex-colegas fumavam um cigarro na porta, do lado de fora do banco, os dois engravatados, exatamente do mesmo jeito de quando eu saí de lá... De longe, buzinei e acenei. Ao me cumprimentarem, dava para ver o sorriso deles que, se eu fosse traduzir em uma frase, seria: "não é que ele comprou mesmo!".

Jogarei minha gravata
Na cara do meu patrão
Falarei em sua cara:
ninguém manda em mim, não

Compramos cervejas, vodca e cigarros. É muito bom voltar para os lugares e, em cada um deles, ter alguém para nos abrigar, ter alguém com uma conversa que nos dê força, nos dê ideias, enfim, para ser o que chamamos de amigo. Esses dois sujeitos não gostam das mesmas músicas que eu, nem todos os lugares que eles curtem eu curto, mas sabemos que não é isso o que importa. Olho para trás e me lembro dos lugares em que já morei e dos amigos que lá deixei. Momentos mágicos, e esse era mais um. Dormimos lá, e só no outro dia fomos para o velho apartamento 25.

"Minha vida é andar por esse país
Pra ver se um dia descanso feliz
Guardando as recordações das terras onde passei"

Mestre Luiz Gonzaga[11]

---

11 GONZAGA, Luiz. GONZAGUINHA. A vida do viajante. In: *Gonzagão e Gonzaguinha Juntos*. São Paulo: BMG Brasil Ltda., 1992.

Capítulo único 2

Dor

"O pensador" durante a viagem
Pedras que sonham sozinhas no mesmo lugar

A água que corre
A lágrima que escorre
A pedra que fura

No começo é salgado,
são lágrimas

Mas depois, no final, adocica:
É vida!

▶ **30/04/2012** | **São Paulo – SP**

Depois de acordar com uma leve ressaca, depois de mais uma cervejada com outros amigos, fizemos um passeio por São Paulo. Mostrei a Thiago um pouco da imensidão do lugar. Muito frio, depois de tanto calor, uma garoa para não perder o costume... Cidade das distâncias e das circunstâncias... Aqui os extremos se entrelaçam... Meus sentimentos se estremecem... Um terremoto dentro de mim...

Agora vou dormir, há estradas que ainda preciso percorrer... dentro de mim. Meu corpo pode até descansar, mas minha alma não para de viajar...

> Não adianta...
> Minha alma corre em minhas veias.

▶ **02/05/2012** | **São Paulo – SP**

Amigos em casa, música, improviso, criação, alimentos de minha alma... O pão dela de cada dia...

> Desapertem os cintos
> e, apenas, sintam
> Nesse recinto,
> nada é passageiro
>
> Viajantes...
> Sempre indo adiante...
> Radiantes...
>
> Aqui são todos loucos... E ricos...
> Ricos de viver
> Apartamento 25,
> quantas vezes acolheste este meu ser?

És preciso...
Sabes do que preciso

Não é à toa
que quase todos os dias
meus amigos loucos vêm te ver

E até hoje, dois anos e meio depois,
nunca vi ninguém entrar aqui
para, no final, antes de sair
falarem-me de seu encanto por você

▶ **04/05/2012** | **São Paulo – SP**

apartamento 25 – São Paulo – SP (Foto p. 169)

Fomos para a virada cultural e a primeira parada foi na Praça da República, ao lado de um palco em que estava rolando um jazz muito louco, muito bom... Colocamos a capa do violão, aberta, no chão, estendemos os livros, e o movimento de pessoas era intenso. Muitas pessoas passavam olhando, mas ninguém parava. Quando o show parou ao nosso lado, os meninos começaram a tocar e eu ficava observando. Quando eu via alguém demonstrando interesse, ia lá, mostrava o livro, conversava, às vezes vendia, às vezes não, e o resultado foi bom. Não contei o dinheiro no final, misturei tudo, não separei do dinheiro que levei, não me interessei por fazer isso. E, durante o tempo em que ficamos nesse local, algumas pessoas em especial pararam e cada uma chamou a atenção do seu jeito.

De repente, dentro da roda, estava um sujeito negro, magro e baixo.

Ao notá-lo, vi que ele fazia gestos e dançava, e prestei atenção para ver o que ele falava: "Vamos, vamos... Ajudem os meninos... Pode ser um real... Vamos... Ajudem os meninos". No primeiro momento achei graça e fiquei me perguntando como ele parou ali (ninguém viu) e começou a nos ajudar. Também pensei que ele fosse pedir uns trocados depois, ou uma bebida, o que não seria problema; ele estava nos ajudando, realmente. Mas em um momento, ele trouxe três cervejas para nós e um vinho. Em outro momento, o vi colocando sete reais dentro da capa do violão. Ainda me pediu uns livros para ficar mostrando enquanto ele chamava as pessoas, e a todo momento: "Vamos... ajudem os meninos...". Teve até uma menina que pensou que era de graça e, numa distração dele e dela, ela foi embora com o livro nas mãos. Quando ele olhou e não a viu, foi atrás dela e trouxe o livro de volta... "É pra ajudar os meninos"... É engraçado como surgem certas pessoas em nossas vidas... Será que são elas o que chamamos de anjos?

Ainda nesse local, apareceu uma menina e mais umas pessoas com ela, interessados em ver o que estava acontecendo ali. Parei ao seu lado, ofereci o livro e ela me disse que não tinha dinheiro ali no momento. Mas conversamos um pouco e, quando eu disse que tinha largado meu emprego para comprar uma Kombi e viajar, ela me disse que era jornalista. Dei então um livro para ela, o 140 caracteres, em que tinha os meus contatos, que ela me pediu. Ficaram ali um tempo e foram embora.

Depois de conversar com os vários amigos que estavam ali nos ajudando sobre o que fazer, decidimos ir para outro lugar. Aliás, alguns desses amigos deram uma puta força também jogando dinheiro na capa, nos dando ideias e tocando. Concordei que deveríamos mudar de lugar, mas pedi que esperassem um pouco, porque uma menina tinha prometido voltar. Um deles me falou: "Ela não vai voltar". Eu disse que ia sim, que entendia o que ele estava falando, mas essa menina em especial ia voltar. Quando ela parou na primeira vez, fez-me várias perguntas, e uma delas foi sobre o nome do livro: "Sinto muito! É por que?". E o motivo era o que ela queria ouvir, eu percebi no seu olhar. Ela disse que tinha que ir na casa de uma amiga que tinha o dinheiro, e que voltava em uma hora. Uma hora depois, nada. Eu insisti em ficar. Começando uma ponta de descrença, mais ou menos quinze minutos depois, ela aparece. Posso não ser especialista, mas a linguagem do olhar eu já conheço um pouco...

Depois mudamos de lugar, apareceram mais algumas pessoas especiais que ajudaram de alguma forma, e, perto de amanhecer, já cansados, paramos ao lado do Teatro Municipal. Uma turma se juntou a nós e agora não tinha nada de vender livros, era só colocar a alma para descansar. Dia único... Cidade única... São Paulo de amor e ódio, quem sou para te julgar?

▶ **06/05/2012** | **São Paulo – SP**

São Paulo do tráfego
e um sergipano andando a pé

Desço a Consolação e na esquina da Maria Antônia paro e peço um café
Depois subo pela Augusta, entro na Peixoto Gomide, até chegar na Rua Itararé
Uma menina me espera lá
No quinto andar, vou flutuar
Enquanto carros, estresse e buzinas disputam espaço
Só ouço sua voz, só vejo seu riso, só sinto seus abraços
De volta à Haddock Lobo, minha morada, na minha janela
Acendo um cigarro e continuo pensando nela

Logo depois, logo ali, na Avenida Paulista
próximo da esquina onde Alice Ruiz se perdeu de vista
passo por um senhor que toca Chico Buarque em sua sanfona surrada,
com seu chapéu no chão
Deixo uns trocados
e pego o metrô Consolação
Desço na estação Luz e não penso mais nela
Um minuto de silêncio, estação pinacoteca
Onde meus heróis foram presos e torturados até a morte
Vivo no século XXI, sem saber se tenho azar ou sorte
Não existe mais Henfil, Marighella, Vladimir Herzog
Respiro fundo, preciso seguir em frente, preciso ser forte
E vou prestando atenção em suas crianças, São Paulo
De vez em quando ganho um sorriso e isso é tão raro...

São tantas ruas, tantos lugares, tantos bares, tantas esquinas
Impossível te descrever em poucas linhas (e já são tantas)
Avenida Angélica, Avenida do Estado, Avenida Tiradentes, Nove de Julho, Vila Carrão, Tatuapé...
Passo também pelo seu coração
Bêbados, artistas, loucos e engravatados se misturam na Praça da Sé

Paro na esquina da Ipiranga com a São João e peço uma cerveja
enquanto, ao meu lado, falam mal de você com tanta firmeza
Esse contraste, esse paradoxo, é que faz sua beleza
São Paulo de amor e ódio, quem sou eu para te julgar?
Mas um sergipano nunca vai te esquecer...
Tenha certeza![12]

---

12 COSTA, Ivan. *Meus versos, meu universo*. São Paulo: Biblioteca 24 horas, 2011.

No outro dia, à tarde, só estávamos eu e Thiago, e acabamos não vendendo nada, "mas tudo vale a pena se a alma não é pequena". Estávamos cansados...

Sinto muito...

Muito mesmo!
Por isso ando cambaleando,
me debatendo, me segurando...
no vento.

Tomo socos no estômago a todo momento...
Invisíveis
Tão visíveis para mim
(Tão doloridos, mesmo assim)
Ando me rastejando,
mesmo em pé,
até onde der

É guerra sem sangue,
onde desde o início,
me feri

Sinto muito...
Acho que não sou daqui!

E o que me resta,
são essas migalhas de versos,
um chapéu torto
e tanta vida explodindo dentro de mim

Ponho as mãos no rosto, no peito,
no chão, me desespero...

e grito:

Dói pra caralho sentir

▶ **10/05/2012 | São Paulo – SP**

Alguns dias depois, após alguns contatos, a jornalista Débora Lopes e a fotógrafa Cecília Garcia estavam lá no apartamento 25 para fazer a matéria. Ela foi publicada na internet, em um site[13] de cultura em geral. Uma matéria leve, poética, gostosa de ler. Havia aparecido a pessoa certa para contar um pouco da nossa história. No último e-mail que ela me mandou, já depois de publicada a matéria, ela terminou assim: "Não desista nunca, sua história é muito rica, muito bonita... Vão em frente...".

A matéria completa: *Poeta sergipano do asfalto* encontra-se no fim do livro.

Apesar das músicas, dos amigos, da matéria sobre a viagem, ainda faltava aquele algo, algo que até alguns amigos ainda não compreendiam... E foi nesses dois meses em São Paulo que tudo se revirou dentro de mim, aquela sensação de estar praticamente só nesse mundo. Não, não estou falando de família, amigos ou namoradas... É do topo

---

[13] LOPES, Débora. Poeta Sergipano do Asfalto. *Negodito*, São Paulo, 30 mai. 2012. Disponível em: <http://www.negodito.com/literatura-poeta-sergipano-do-asfalto/>. Acesso em: 25 fev. 2013.

da pirâmide que estou falando, é lá que está o "eu" de cada um, é lá que você aprende que não é maior que ninguém, é lá que você tem a melhor visão das coisas, e é lá que muita gente não tem disposição para chegar, ou finge que já está no alto por estar apenas um pouco mais acima do meio (por estar acima das pessoas do meio para baixo, confunde-se, achando que já está lá no alto, ou apenas finge mesmo)... E foi por isso que caí na estrada... Do meio para cima, a quantidade de pessoas vai rareando... Há uma bolha que nos prende; ela é totalmente invisível, e isso confunde também. A minha, de tão curioso que sempre fui, estourei, e foi o barulho dela que me fez ter certeza de que ela existe. Agora, fora dela, estou me procurando, e alguns donos da verdade criticaram essas minhas angústias, mas, ao observá-los, via que eles ainda estavam pelo meio da pirâmide... Nessas horas, eu corria para o meu quarto...

O dinheiro já estava acabando definitivamente, estava foda minha angústia, mas eu não queria voltar e ainda não queria trabalhar. Todos os dias eu abria o e-mail que a Débora me enviou só para ler essa frase: "não desista nunca".

Alma em brasa
Abraço as palavras sobreviventes
(Muitos de seus autores já se foram)

Agradeço imensamente aos que pegaram a caneta, o lápis, a
máquina de datilografar, a pena, o que quer que seja,
para deixarem palavras

Clarice um dia escreveu em uma carta para as irmãs:
"sou doente da alma"
E nessa doença sem cura,
palavras são a nossa anestesia

Quem me dera existisse morfina para a alma...

Eu seria um viciado assumido

▶ **21/05/2012 | São Paulo – SP**

Você pode até falar da minha dor,
Criticar, condenar, o que quiser
Mas, por favor,
só depois que entendê-la

Não seja arrogante:
isso é feio

Se você enxergasse a leveza desta minha dor,
não iria criticar esse meu ar pesado
Iria era sentar ao meu lado...

E me fazer perguntas,
curioso...

▶ **22/05/2012 | São Paulo – SP**

Acabamos de chegar de uma festa na USP. Impressionante a imensidão do lugar, uma cidade dentro da cidade. Antes de a festa começar, um pessoal foi comer, e Thiago, Vítor e eu fomos esperá-los junto de Clarice, do nosso jeito...
Ao chegarmos na festa mais tarde, ao ver um pano em cima do palco escrito: "que tal o impossível?", lembrei-me do refrão de uma música minha:

"faço o possível e o impossível para fazer o impossível possível"... Foi uma festa que pode-se chamar de "rebelde", do jeito que eu gosto. Lá, divaguei bastante. Às vezes parecia que eu não estava lá, mesmo com uma banda muito boa tocando, mas eu não podia perder a oportunidade, tinha que deixar as estrelas que surgiam dentro de mim brilharem à vontade. Nem tudo o que explodiu chegou claro até mim naquele momento... Mas para quê pressa?

Eram os extremos se entrelaçando... De longe, algumas pessoas poderiam achar que eu estava triste, ou que não estava curtindo a festa... E era exatamente o oposto de tudo isso...

▶ 26/05/2012 | São Paulo – SP

É duro ser incompreendido
E no final das contas, talvez,
ninguém tenha culpa de nada
Talvez seja assim mesmo

O tempo tem seu tempo
Ou você acompanha,
ou ultrapassa,
ou anda mais lento que ele

Passei reto
Li demais
Senti demais
Tarde demais
Cedo demais
Medo demais
Cedo demais

Às vezes desmaio...
Demasiado...
Humano

Vejo-me de fora,
como se fosse meu espírito,
à margem do rio veloz que corre

Afinal de contas...

O que estamos fazendo aqui?

▶ **29/05/2012** | **São Paulo – SP**

Navegando um dia pela internet, conheci, por acaso, uma poetisa chamada Ana Cristina Cesar. De tanta angústia, de tanto sufocar, um dia jogou-se pela janela...

Faltava-lhe ar
Sufocada,
jogou-se pela janela

E só assim conseguiu o ar que lhe era necessário

Parei para pensar nas pessoas que foram mestres para mim, e percebi que esse sufocar já fez alguns se jogarem pela janela ou se afogarem no álcool, ou em outras drogas. Sufocado, me pergunto: qual será o meu fim? Estatisticamente, um desses seria uma tendência. Mas esse era só mais um aperitivo para essa estrada que percorro... E, enquanto busco meu caminho, abro uma cerveja e acendo um cigarro.

Sentou na calçada,
cansada de tudo
e cansada de estar cansada

Já não tem mais casa
Apenas um par de asas
E uma vontade chata de não querer voar...

▶ **01/06/2012** | **São Paulo – SP**

Eu bem sei, dói pros dois
Mas dois e dois nem sempre são quatro
na matemática da vida

Nem sempre um mais um são dois,
ainda que haja duas pessoas
Às vezes sobra, às vezes falta
E nessa análise combinatória,
onde nem sempre as coisas combinam,
o resultado é, simplesmente,
o infinito

É duro enquanto dura a dor
Mas a vida dura mais
quando sentimos o que queremos

A vida não é feita de fórmulas,
nem se aprende na escola
São, apenas, escolhas
E por mais duro que seja,
não encolha

Ainda que haja duras lágrimas
O que importa é o depois:
um sorriso em seu rosto
e não o medo de reprovar

na matemática da vida

▶ **02/06/2012** | **São Paulo – SP**

São Thomé das Letras, Minas Gerais; mais um estado. Chegamos ontem e vamos embora amanhã. Antes de viajarmos, porém, o velocímetro para de funcionar mais uma vez. O que poderíamos fazer? Nada... Só viajar assim mesmo. Quando estive aqui da primeira vez, ainda trabalhava no banco, e, depois de ficar quase uma hora de frente para uma cachoeira, decidi que ia morar aqui por um tempo. Para isso, teria que trabalhar em Três Corações, a 40 km daqui. Já era meu espírito pedindo mudanças, e quando voltei para São Paulo até verifiquei se tinha vaga lá, mas naquele momento não tinha. Mesmo assim, eu tinha que esperar uns meses para poder pedir transferência, o que não deu certo. Mas esse lugar ficou marcado, e por isso acabei voltando.

Depois de armarmos a barraca, fomos dar uma volta, tomar uma cerveja. Ao sentar no bar, estava tocando Os Paralamas do Sucesso. No segundo bar em que fomos, só tocava Raul Seixas. Não teve como não lembrar do início de tudo; esses dois foram dos três primeiros que me fizeram entrar nessa estrada cheia de curvas. E, em um trecho de curvas perigosas, aqui é uma reta, um respiro. Perto das seis horas, antes mesmo de começar a tocar a Ave-Maria nos alto-falantes da igreja, uma banda de soul começa sua apresentação, na praça mesmo, aberta para todo mundo, sem palco. Ali minha alma respirava em paz...

Passeei e flutuei pela tranquila, alta e mística São Thomé das Letras. Disseram-me até que foi aqui que Raul Seixas comprou um terreno para fazer a Cidade das Estrelas, para pôr em prática a Sociedade Alternativa, o que não chegou a ser concluído. Sinais? Não sei... Mas aqui não é estranho falar sobre esse tipo de coisa, muito menos sobre Raul Seixas.

E é engraçado como algumas coisas acontecem. Quando eu estava voltando para o camping com Thiago, ouvi alguém chamando, e era inconfundível, eu já sabia quem era só de ouvir: "Crazy". Era um amigo de São Paulo, um dos frequentadores do apartamento 25, tocador dos bons. Trabalhando há uma hora e meia daqui, no interior de Minas, aproveitou a visita da irmã e do namorado para passearem por São Thomé. Pegamos os violões e subimos nas pedras para fazer um som.

Conhecemos também um casal que estava no mesmo camping que nós. A menina era de Portugal e estava fazendo intercâmbio no Rio. Dei um livro e um CD para eles. Tomara que minhas singelas palavras atravessem os mares e vão parar lá na terra de um dos meus mestres, Fernando Pessoa.

Agora dormir para amanhã voltar para São Paulo. O dinheiro que estou usando já é o que eu ia guardar caso voltasse para Aracaju, para me manter por umas semanas. Mas foda-se. Ainda não cheguei ao topo da pirâmide, ainda não encontrei a luz maior, aquela mesma que eu via brilhar no início da minha adolescência, sem nada para atrapalhar, sem responsabilidades maiores, sem ainda ter que entrar na tal competição (muitas vezes desleal). E essa competição estava me atrapalhando, me impedindo de ver essa luz em sua plenitude. Não sei quanto falta percorrer, mas sei que é assim mesmo, imprevisível, e que vou sempre seguir em frente.

▶ **09/06/2012 | São Thomé das Letras – MG**

Na despedida, a menina de Portugal nos deu um abraço bem forte, aquele: "vá em frente"... Os sinais não paravam de sussurrar nos meus ouvidos.

Depois de voltarmos, fomos visitar mais dois amigos, mais pessoas daquelas com que a gente pode contar a qualquer hora, pessoas que conheci logo quando cheguei pela primeira vez em São Paulo, na república em que morei. Um gaúcho e um mineiro. Um deles, ao chegarmos, foi logo falando em tom de brincadeira: "pensei que vocês iam chegar sujos, precisando tomar um banho urgente, com fome ou algo parecido". Ele tinha acabado de ler o *On the Road – Pé na Estrada*, do Kerouac.

Falei que em cada viagem desse tipo que cada um faz só existe uma coisa em comum: o espírito viajante, a sede de liberdade, mas que cada um busca do seu jeito. *Na Natureza Selvagem* o sujeito foi para o Alasca, isolar-se. No *On the Road – Pé na Estrada*, eles saíram viajando com aquela loucura característica deles pelos EUA. Cada um no seu lugar, no seu contexto, na sua realidade, na sua época. A nossa estava sendo dessa forma. O externo, as aparências, é só o formato que escolhemos, é o que menos importa, mas, por dentro, enquanto seguimos, as dores, as sujeiras e a beleza do caminho são exatamente as mesmas e, ainda assim, de diferentes formas.

De volta para casa, apesar desse respiro, a angústia ainda permanecia. No início de julho iríamos para a Feira Literária Internacional de Paraty (Flip) e o dinheiro iria acabar ali. Se quiséssemos voltar para Sergipe, teria que ser com o outro dinheiro que eu tinha separado para pagar o restante do seguro. Conversei com Thiago para ter uma forma de conseguir dinheiro também, o que não ocorreu. Começou então a angústia maior: ainda não estava satisfeito, ainda faltava, eu queria ficar, mas aí Thiago teria que voltar. Foram dias doloridos, longos e angustiantes. Fiquei muito calado por esses dias, muito tempo trancado no quarto. Agora, a porrada era pra valer.

Tem coisas na vida que parecem não poder piorar mais, mas, de vez em quando, pioram. Depois de levar uma menina dentro de mim por quase quatro anos (mesmo vivendo minha vida normalmente, mas era ela), a mesma que namorei durante 41 dias, 23 minutos e 22 segundos, esperei que o destino nos unisse novamente. Eis que ela me manda uma mensagem: "ligue para mim", exatamente quando eu mais precisava. Pensei que tinha chegado a hora. Até elogiei o destino nesse dia. Lembro-me das nossas deliciosas conversas. Agora tudo parecia voltar ao seu lugar, um sorriso a mais, e especial, para balancear essa angústia. Mas, como a tal de vida não é brincadeira, quinze dias depois ela estava namorando novamente, e foi exatamente nesse dia que nossa história acabou.

Nossa história acabou
Tudo o que você vir ou ouvir
sobre nós dois...

É pura arte!

Quando eu dizia que você era minha Rosinha,
você sorria,
dava gosto de ver
Mas essa mesma Rosinha
tirou sua fantasia,
calou meu violão,
dava até dó de ver

Cada lágrima caída,
uma nota doída
dessa nova canção

Cada lembrança doída, dessa noite,
era só mais uma nota
dessa nossa última canção

▶ **28/06/2012 | São Paulo – SP**

São Paulo já havia me cansado mais uma vez. Deitei o colchão no chão do meu quarto, e deitado fiquei observando o céu da noite e a lua cheia que também me observava, tocando meu violão, enquanto namorávamos. Um amor quase mudo, só de olhares e, no máximo, alguns acordes... E nós, sim, nos entendemos.

Esse foi o dia em que comuniquei a Thiago que ele teria que voltar. Foi um dia difícil, mas eu nunca tive a ilusão de que as coisas seriam fáceis. Se for para viver de verdade, há de se encarar os obstáculos. Quando voltássemos de Paraty, eu iria continuar a viagem, só que desta vez sozinho.

Bastantes dúvidas
E tenho que dizer a Thiago que seguirei sozinho
Eu não vou voltar

Neste momento, estou ouvindo a trilha sonora do filme Na Natureza Selvagem
para alimentar minha alma

Sabe aquele medo antes de qualquer grande decisão?
Estou brigando com ele,
a porrada está comendo solta neste exato momento

▶ 01/07/2012 | São Paulo – SP

O amor que foi embora de uma vez, a separação com Thiago e o frio na barriga de viajar sozinho. Tudo se revirava dentro de mim. A lua ainda estava lá, e, enquanto eu procurava uns acordes novos, uma força nova ia surgindo dentro de mim...

Seguirei seguindo segundo minha alma
Com a calma de saber que calma não tem
para quem nessa vida não anda nos trilhos
Mais um andarilho que pula do trem

Cansado, ferido...
Tanta dor saber que nesse trem quase nada tem

Trem tão veloz
e a paisagem não dá tempo de se ver mais

Apressados vivem sob pressão
Eu tenho pressa de calma
Apressados presos em velozes vagões, numa vida vaga
Eu tenho pressa de alma

Seguirei seguindo segundo minha alma
Com essa calma angustiada que eu conheço bem

E enquanto o sangue jorra invisível (e visível)
Quase desisto, mas uma voz vem
e sussurra no meu ouvido: "a vida é bela!
Não desista querido, tente outra vez
Outra vez
Outra vez

E outra vez"

▶ **04/07/2012** | **São Paulo – SP**

Lágrimas, lágrimas, lágrimas e lágrimas...

▶ **06/07/2012** | **São Paulo – SP**

    E, mesmo com todas essas nuvens negras pairando no ar, a viagem não podia parar. Próximo destino: Paraty-RJ, FLIP 2012. Foi a última viagem com Thiago. Desta vez tínhamos a companhia de um dos moradores do apartamento 25, e não preciso falar mais nada sobre ele.

    Clarice nunca subiu nem desceu tanta serra, algumas "pesadas e longas", mas dava gosto de ver quando chegava lá em cima: as visões, o mar lá embaixo, as cidades... Ali estava sendo um teste bom para Clarice também. Era um caminho totalmente desconhecido por mim, muitas surpresas depois de tantas curvas, mas ela nos levou sem mudar um pouquinho sequer seu sorriso. Se eu tivesse que definir esses momentos em uma palavra apenas, essa palavra seria leveza.

    Era uma sexta-feira – numa hora dessas eu estaria trabalhando –, naquela mesma sala em que um dos anjos da minha vida falou-me:

"o que você está fazendo atrás dessa máquina?". Ali era um dos primeiros "vá em frente" que aparecia no meu caminho para a viagem, e eu lembrava desse dia justamente quando estava nas alturas. Além de toda a paisagem, um casal, enquanto passava por nós no seu carro, nos cumprimentou com o mesmo "vão em frente" característico, com gosto; dava gosto de ver. Mais dois carros nos cumprimentaram antes de chegarmos em Paraty; os anjos em nossas vidas. Anjos palpáveis... Reais... E não aqueles escritos em livros e vistos em filmes... São pelos primeiros que me interesso mais.

Um ano antes eu fui pela primeira vez para Paraty. Decidi de última hora e fui sem lugar para ficar. Comprei já a passagem de ida e volta. Saí às 16 horas, cheguei umas 22 horas no sábado e voltei às 9 horas, no domingo. Quando ainda estava no banco, imprimi mil exemplares do *140 caracteres* para distribuir, de graça. Além de presentear amigos e amigos dos amigos, às vezes eu deixava um ou dois exemplares no banco do ônibus, ou no metrô, para alguém pegar aleatoriamente. Também conheci um sujeito que vendia bala nos ônibus, o mesmo citado na matéria da Débora Lopes. Dei uns cem exemplares para ele, e a ideia de ele presentear com o livro quem comprasse suas balas. No outro dia, ele chegou afoito: "cara, nunca vendi tão rápido... Me dê mais!".

Numa sexta-feira à noite, como eu não estava por dentro, pensei que a FLIP seria mais tarde, um colega de trabalho me mostrou uma reportagem de lá. Fui para casa com aquilo na cabeça. No sábado de manhã, eu estava decidido: iria lá distribuir o *140 caracteres*. Levei uns duzentos exemplares e saí de mesa em mesa oferecendo. As reações foram das mais diversas, da melhor para pior, assim como tudo na vida, os ensinamentos da vida: sempre que você se expõe e quanto mais você se expõe, os campos das possibilidades aumentam, tanto positiva como negativamente, e é isso o que você tem que enfrentar. Mesmo você se doando, mesmo sendo de graça, algumas pessoas não querem e é assim, não adianta chorar.

Já tarde da noite, enquanto rolava uma festa da cidade, que não tinha nada a ver com a FLIP, fui dar uma volta por outros lugares, explorar novos ares. Passei por uns bancos em frente de onde estava acontecendo a FLIP e tive a ideia de deixar uns exemplares em cima deles. No final desse lugar, já perto do mar, encontrei um bar aberto em que estava rolando um violão, sentei sozinho e pedi uma cerveja. Dei uns livros para um pessoal. Eles gostaram, e fiz amizade com algumas pessoas; o pessoal era bacana. Quando saí do bar e voltei pelo mesmo lugar, duas meninas caminhavam na frente e avistaram meus livros em um dos bancos. Elas foram, pegaram dois, e uma delas comentou: "Nossa! Eles pensam em tudo". Achei engraçado...

E agora eu estava de volta para esse mesmo bar, Clarice e suas graças. Lá o microfone era aberto. No primeiro dia, eu e Vítor (morador do apartamento 25) tocamos um violão e conhecemos um pessoal. Era sexta-feira. Pensei na tarde que tivemos, pensei que, se eu estivesse indo para o banco todos os dias, não teria esses momentos... Como lembrar de dinheiro numa hora dessas? "Vá em frente."

> *Faço dos versos, meu travesseiro*
> *Feliz vai ser o dia em que eu acordar*
> *Tudo terá parecido um sonho*

Decidimos dormir ali mesmo, perto do bar, de frente para o mar. Quando fomos pegar a barraca, Vítor viu que tinha esquecido alguma coisa da sua, e tivemos que dormir os três na minha barraca, mas até que deu. Foi engraçado de manhã, quando Vítor acordou e saiu, cinco minutos depois eu saí, e, mais uns cinco minutos depois, Thiago também saiu. Quando eu vi, o auditório estava lotado ao nosso lado. Algumas pessoas olhavam para a gente, curiosas. Algumas tiravam fotos, e a gente apenas acordava para mais um dia diferente em nossas vidas. Era isso o que mais importava...

Paraty – RJ (Foto p. 177-178)

Procuramos um camping, tomamos banho e, antes de sair novamente, fizemos um som...

Voltando para São Paulo (Foto p. 178)

No segundo dia, no Bar do Escritor, Thiago fez um som e Vítor declamou um poema meu. *O lago e a lua...*

*De frente ao lago
e logo a lua,
larga e nua*

*Ligo os pontos,
as estrelas
E desenho meu mundo
Para me desligar do mundo?
É só pressionar o botão do mudo*

*Largar a máscara
Alargar a alma
Até ela ficar nua
Assim como ela,
a lua*

Alargo minha mente
O céu, meu mundo
Eu e a lua,
um amor mútuo,
solitária e sua
Alaga meus olhos
Esse amor mudo
Só de olhos

Olho para o céu,
ligo os pontos
e desenho você
que eu quero ver
logo e nua
Assim como a lua
Um amor mudo
Duas almas nuas
E em nossa frente,
o lago e a lua

Um mês antes desse dia presente, conhecemos um sujeito muito gente fina em uma festa em São Paulo, que se amarrou na história de Clarice. Nesse dia presente, ao olhar para um pessoal que chegava no Bar do Escritor, adivinhe quem estava entre eles? Coincidência das boas... Sentado, em casa, assistindo a um filme, essas coisas não acontecem... Por isso viajo, em busca da riqueza maior: viver, porque, pelo que eu saiba, é para isso que estamos aqui, e é esse o meu jeito de viver, enquanto alguns espertos tentam dominar outras pessoas, ensinando umas coisas distorcidas, o que acaba nos distanciando justamente disso – viver.

E o homenageado do ano foi Carlos Drummond de Andrade... Mestre...

"Mas as coisas findas, muito mais que lindas, essas ficarão."
FLIP 2012 (Foto p. 179)

Perto de dormir, quando a gente já estava no camping, começou a chover e molhou a barraca por dentro, mas Clarice é que nem coração de mãe, e todos dormiram em paz. No outro dia voltamos para São Paulo e decidimos fazer isso pela Dutra para pegar menos serras; porém, uma tinha que passar por nosso caminho, inevitavelmente. Às vezes terceira marcha, às vezes segunda, às vezes primeira. Apesar da chuva e da neblina, Clarice ia alheia a tudo, com seu sorriso sempre estampado no rosto.

Voltando para São Paulo. Subindo e descendo altas serras.
Chuva e neblina no alto da serra (Foto p. 179-180)

DESCENDO A SERRA
(Humberto Gessinger)

Tô descendo a serra (...) cego pela neblina.
Você nem imagina, como tem curvas essa estrada

Ela parece uma serpente morta, às portas do paraíso

A serra não tinha acostamentos, e só em alguns pontos tinha umas baias de emergência. Depois de uma curva bem fechada, passamos por um guincho do outro lado da pista. Um carro quebrou e uma fila se formou atrás para esperar o guincho tirar o carro. De repente, na frente dos que esperavam, surge uma Kombi sorrindo. Deu para ver alguns curiosos, mas o que eu achei mais engraçado foi o motorista de uma Ferrari. Ele parecia o mais curioso de todos.

Chegamos em casa em paz, e foi uma dose cavalar de paz, essa paz violenta que me acompanha... Mas paz. Precisava descansar: na terça-feira meu destino já era outro. Queria me jogar em uma cidade diferente, ficar por um mês ou dois, arranjar um emprego, enfim, ia me virar. Qualquer dia, eu iria para outro lugar.

Mas depois de uma amiga de minha irmã ver uns preços em uns lugares para mim, me dar uns toques sobre a cidade, enfim, depois de eu dar um trabalhão para ela, na véspera da viagem, eu decidi não ir mais para Ouro Preto. Conversando com Thiago, ele falou de São Thomé das Letras. Eu pedi mil desculpas para ela, e ela foi muito gentil, mas fui para São Thomé. Sensações... As minhas, eu costumo segui-las... E o dinheiro do seguro? Foda-se... Depois eu dou um jeito... Foi com o resto desse dinheiro que fui para lá.

Capítulo único 3

Rua

Ainda em São Paulo, percebi que o número "2" começou a aparecer demais em minha vida, apesar de nunca dar tanta atenção para isso – essa coisa de repetições. Porém, estou sempre ligado e fiquei prestando atenção. Não paralisado, apenas brincava. Era essa minha diversão, eu estava brincando de viver, e, nessa brincadeira, tudo pode com a imaginação.

Alguns param no meio do caminho da pirâmide, porque se satisfazem apenas com a imaginação, acham que o caminho é só até ali. Outros não vão além por comodismo mesmo. Já outros sabem muito bem que a imaginação é só a matéria-prima do que vai acontecer e, sobretudo, que é preciso esforço se quiser chegar lá. Além disso, o desejo de ir sempre além. Esses últimos são os que eu prefiro.

> *Os poetas, os cientistas, os filósofos, os astrônomos, os artistas,*
> *todos esses tipos de loucos,*
> *veem além*
>
> *Para uns,*
> *doidos*
>
> *Para outros,*
> *Amém!*

Sei que, para o nosso cérebro, quando se começa a prestar atenção em uma coisa que é corriqueira, em que não se prestava atenção antes, pode parecer coincidência. Tive esse cuidado. Eu só estava achando a brincadeira legal e meu espírito já dava sinais de que estava se tornando uma criança novamente.

Na terça-feira, dois dias depois de chegar de Paraty, saí para pegar Clarice e viajar sozinho, e já ali parecia estar um pouco mais leve, uma sensação de que era isso o que eu tinha que fazer mesmo; uma sensação clara de mais degraus construídos. Mas, enquanto dirigia e refletia pelo trânsito de São Paulo, mais uma vez indo embora, eu não sabia exatamente disso, eram apenas sensações, pequenas frestas da grande luz... As sensações maiores que senti um dia e das quais eu estava sentindo falta. Ao sentir essas frestas, meu sorriso ficava quase que nem o de Clarice... Incansável...

> *A Kombi é o corpo, a máquina*
> *Eu sou a alma dessa Clarice*
>
> *Alma e corpo*
> *Unha e carne*

Foram 350 km únicos em minha vida, dirigindo uma Kombi sorridente, ouvindo *Infinita Highway* dos Engenheiros do Hawaii, viajando, indo ainda mais longe de casa, sozinho, em busca do topo, ao relento, como um navegador que procurava terras por entre os grandes mares antigamente, e os sinais diziam-me que eu estava no caminho, as frestas de luz. E, numa viagem dessas, a primeira parada tinha que ser mesmo na mística São Thomé das Letras. São Thomé tem um pouco mais de 1.400 metros de altitude, e, quando cheguei lá, o sol estava indo embora, com o seu show particular de quase todos os dias.

Fui para o mesmo camping em que tinha ficado da outra vez, acertei o preço para um mês e armei minha barraca. A ideia seria ficar tranquilo por uns dias, lendo, quase isolado, ir para as cachoeiras... relaxar. Mas foram tantas pessoas interessantíssimas que apareceram desde o primeiro dia, que só tive descanso no último dia, e nem precisei ficar um mês: com quinze dias eu já me sentia leve para ir para outro lugar, como se algo dissesse dentro de mim que o que eu tinha que fazer ali já tinha feito. Intuições...

> *Alma não se encomenda na loja da esquina,*
> *nem em shopping, nem em mercados*
> *(ainda que sejam "super"),*
> *muito menos se pede pelo telefone,* delivery
>
> *Só existe um preço: ser livre*
>
> *E nós que estamos neste caminho,*
> *desconhecido,*
> *escuro e perigoso,*
> *tão claro e tão cheio de paz...*

Porém, também,
cheio de desalmados,
armados até os dentes de preconceitos,
essas almas remendadas
(uns nem percebem que têm alma),
perturbadores de nossa paz

Tudo bem, seguimos em frente...

Esse lugar é só a retribuição da natureza pelo que merecemos
E, tanto quanto isso, merecer conhecer pessoas assim,
de alma, sem armas, sem malas, sem destino,
porque o que queremos é uma coisa só:

viver!!

São Thomé das Letras – MG (Fotos p. 182-183)

Quando eu estava deitado já para dormir, no dia em que cheguei, ouvi alguém que tinha acabado de entrar no camping cantando: "coragem, coragem, se o que você quer é aquilo que pensa e faz...". Era aquele ali do violão, fã de Raul Seixas. No outro dia, enquanto íamos para uma das tantas cachoeiras, ele me falou que no dia anterior estava conversando com o pessoal, falando que estava com vontade de comprar uma Kombi para viajar por aí... Sinais?

Todos, sem exceção, pessoas de almas profundas, cada uma no seu grau de evolução, mas profundas. Desde a primeira vez em que fui para esse lugar, senti uma energia boa, e não estava enganado. E, nesses quinze dias em que fiquei por lá, o que mais conheci foram pessoas de alma, armas para minha força.

À noite, no camping, pinga com mel, vinho barato, violão e gaitas. Dava para ver no olhar de todos, no sentir de todos, que todos ali, pelo menos ali, estavam no seu auge de viver. E, para celebrar esse momento, nada melhor que música, inclusive, músicas nossas...

> *Tentando viver segundo por segundo*
> *Enquanto muitos,*
> *centavo por centavo*
> *e desse jeito eu não aguento!!*

No outro dia fomos a mais uma cachoeira. Voltávamos andando quando paramos em um bar que ainda estava abrindo. Tudo pronto para abrir, só faltava uma coisa: um rock'n'roll, e, só depois, ele foi anotar nossos pedidos. Lembrei-me de que era dia 13 de julho, dia mundial do rock, e que a viagem estava completando três meses naquele dia. Para ficar ainda mais interessante, uma sexta-feira, sexta-feira 13 como o primeiro dia. Rock'n'roll, o ritmo que fez toda essa viagem começar, lá no início dos anos 1990, quando meus sentidos começaram a aguçar. Sinais? Não sei responder... Mas eu estava adorando... Pedi para ele aumentar o som...

Um outro dia, enquanto estava com o pessoal na área onde tinha uma mesa, um fogão velho e uma geladeira no camping, começou a cair uma chuva que foi ficando mais forte à medida que o tempo passava, e ficamos ali ilhados. Fazia frio e de vez em quando ventava muito. Caiu muita água e, para fechar a noite, choveu até granizo. Olhei para Clarice, a primeira chuva dela com pedras de gelo, e ela estava sempre daquele mesmo jeito, sorrindo, a danada. Nossa preocupação, porém, eram as barracas, e, como imaginávamos, elas molharam por dentro. Mais uma vez, Clarice ia me pegar em seus braços e me colocar para dormir, mas não sem me dar um pouco de trabalho antes.

Na porta traseira, a de correr, uma peça na parte de cima já tinha caído; a porta ficava um pouco folgada, mas fechava normal. Mais ou menos meia hora depois que todo mundo foi dormir, levei minhas coisas da barraca para o carro, ajeitei tudo no banco de trás, e, quando fui fechar a porta, a parte de baixo soltou também. A porta ficou pesando em minhas mãos. Saí do carro e tentei colocá-la no lugar. Às vezes, encaixava, mas não encaixava direito... Às vezes encaixava a parte de baixo, mas não a de cima, e, quando ia ajeitar a parte de cima, caía a de baixo novamente. Não tinha nem como soltá-la, porque ela é presa na parte de trás, e deitar a parte da frente no chão poderia causar mais um dano. Era pesada a bichinha. Foi uma luta intensa e, para ficar mais emocionante, voltou a chover. Meu chinelo, que eu tinha comprado de manhã, quebrou, e a batalha continuava, mas em momento nenhum senti raiva. Apesar do sufoco, eu só conseguia lembrar do sorriso dela. E também lembrava que foi ela que me levou para todos esses lugares onde tinham pessoas de alma... Seria muito cinismo de minha parte ou muito egoísmo... Os ensinamentos da vida...

Eu sentia que dava para colocar no lugar, mas quase meia hora depois eu ainda não tinha conseguido, e já estava bolando um plano de como iria fazer para chamar alguém, quando pensei: "vou tentar a última vez e essa porra vai agora...". E foi. Consegui dar um jeito, entrei pela frente e pulei para trás... Fui dormir sorrindo e leve como nunca, sem raiva, sem nada para atrapalhar meu sono, nem os três cortes na mão que estavam ardendo muito. Hoje eu trago uma pequena cicatriz... Cicatrizes: fazem parte da vida... Eu estou aprendendo a praticar exatamente isso, nesta faculdade não institucional... Sei que muitos sabem como funciona, mas só em teoria, e isso chega a confundi-los, achando que já sabem tudo... O difícil não é saber... É praticar... Até hoje, por todas as faculdades em que passei, essa foi a que me interessou mais... Muito mais... Curso: vida.

Essa coisa de falar e fazer,
eu não sabia que era tão grave assim

O que tem de gente com um discurso lindo, mas na prática...

Falar em simplicidade é simples...
Complicado é ser

São Thomé das Letras – MG (Foto p. 184)

Cada caminho escolhido, um percurso a trilhar
Para quem não anda nos trilhos, não é preciso prever
Para quem quiser ver, é só sentir e improvisar

Feche os olhos!

Uma das meninas que conheci fez uma estrela, e eu a pendurei no retrovisor, para viajar comigo...

Uma estrela na frente do retrovisor...
Presente de uma amiga (Foto p. 184)

Fui em duas oficinas em São Thomé para ver se conseguia consertar a porta, mas a peça não tinha por lá, só em Três Corações, a 40 km. Era início de tarde quando pegamos a estrada. Parei em uma loja de autopeças que eu já tinha visto quando passei da primeira vez por lá, mas não tinha a peça. Fui em outra, quase em frente, e também não tinha. Mandaram-me para o centro, e, em uma dessas paradas, quando um dos dois amigos que estavam comigo desceu para comprar alguma coisa no mercado, a porta caiu novamente. Uns dez minutos para colocá-la de volta. Lá no centro também não achamos a peça, e fomos em outro lugar que nos indicaram, mas não achamos também. Fomos em mais um e ali parecia que seria nossa última chance, não tinha mais lugar para procurar e, quando chegamos lá, também não tinha. Mas o dono nos indicou uma outra pessoa, um tio seu que já mexeu muito com Kombi. Mais uma esperança. Foi difícil achar a peça, dar um jeito em outra que faltava, mas ele consertou, resolveu nosso problema. Tivemos que ir em vários lugares, seguir vários pontos... Persistência, até chegar em nosso destino. Os mais apressados teriam desistido logo, mas a solução estava lá, era só caminhar até ela. Os ensinamentos da vida...

Demorou tanto, que, quando saímos, já começava a escurecer, mas saí feliz; tinha resolvido o problema que, por um momento, parecia não ter solução. Parecia tudo bem até andarmos uns 10 km, e, de repente, um barulho estranho vindo do motor. Era como se tivesse algo solto, pequeno, tipo uma pedra dentro do cano de descarga. Encostei o carro, dei uma olhada no motor. Tanto eu como os outros dois poderíamos saber até viver de verdade, mas de mecânica não entendíamos nada. Desliguei o carro e esperei um pouco. Liguei, e nada de o barulho ir embora. Olhei o óleo e estava normal. Esperei um tempo maior e liguei novamente. O barulho agora parecia menor. Fiquei na dúvida sobre o que fazer. Passado um tempo um pouco maior, liguei, e o barulho quase tinha desaparecido. Tinha medo de continuar e ser alguma coisa séria do motor, mesmo assim, saí andando devagar, e fui desse jeito até o barulho desaparecer completamente. Fui aumentando a velocidade aos poucos e, apesar das subidas e da tensão, chegamos em paz. Assim que passamos pela praça, uma menina ficou feliz da vida apontando o dedo para o sorriso de Clarice. Sorri, dei "tchau" para ela, ela deu "tchau" para a gente e o pai dela nos cumprimentou também... "Vá em frente"...

A cada aceno novo de uma criança,
a cada riso novo em seu rosto,
a inocência escancarada em sua face,
quase morro de alegria!!

Não bastasse,
adultos também riem,
apontam,
uns até buzinam
(Esses últimos, tenho certeza, são os mais sonhadores)

Como posso parar?

A estrada é infinita...

Aos poucos, cada um da primeira turma que conheci foi indo embora da pequena cidade, mas não parava de chegar gente, ainda que em pouca quantidade... O suficiente. Estávamos eu e o penúltimo deles, que ia voltar para São Paulo, na tranquila rodoviária de lá, tocando um violão, esperando o guichê abrir, que só abriu meio-dia, e mesmo assim continuamos tocando violão sem problema nenhum, sem ninguém para pedir para parar – a tranquilidade das coisas, que saudade, os respiros da vida –, quando, enfim, o ônibus chegou. Desceu um italiano, que veio pedir informações para nós dois. Enquanto um ia embora, outro chegava... E de longe. Fomos conversando, fui mostrando a cidade para ele...

– O que está fazendo por aqui?

– Estou viajando pela América Latina há quinze meses – ele respondeu.

– Seja bem-vindo, veio para o lugar certo.

Ainda bem que o português dele era fluente, única língua que sei *hablar*. Foi uma troca interessante de informações. Quando ele voltar para a Itália e abrir sua mochila, nas suas lembranças desses dezesseis meses em que passou pela América Latina, vão estar meus livros e meu CD. Mais um país em que minhas palavras chegam, humildemente...

Um dia antes de conhecer o italiano, quando cheguei no camping, um sujeito de barba fazia comida, um cara muito sangue bom. Os anjos não paravam de aparecer. O baixista gostou das minhas músicas, disse que ia gravar uns baixos nelas, que estavam faltando, e me mandaria. Ele me perguntou se a Kombi era minha e se podia tirar uma foto. Mas, depois que eu descobri que ele chegou lá de bicicleta, com barraca, panela, violão, roupas, flautas, tênis, roupa de frio, impus uma condição: só se ele deixasse eu tirar foto de sua bicicleta arrumada para viajar. O cara ainda tocava baixo na banda de um cara que fazia *cover* de... Raul Seixas... Sinais?

O viajante de bicicleta e eu com minha cara de sono
São Thomé das Letras – MG (Foto p. 186)

Também conheci um casal que morava na roça. Eles apenas queriam paz, e conversei bastante com eles, principalmente com ele. Moravam em São Paulo, e ele, antes dela, vendeu sua loja de tatuagem, bem abaixo do preço; ele só queria o dinheiro para ir para São Thomé, e foi morar lá. Ela, em um Carnaval, decidiu ficar. Só voltou para pegar suas coisas. Lá em cima, nas pedras, conversamos bastante. O cara pensava que nem eu, nas coisas que me interessavam ouvir. Ele até me disse que eu ia acabar morando lá, e isso não é impossível, mas ali ainda não era a hora. No meio da conversa ele me falou uma coisa que me fez sorrir serenamente, arrepiado – a mesma coisa que eu ouvi da primeira pessoa que conhecemos na viagem, o hippie de Arembepe: "tudo o que eu quero é viver cada segundo da minha vida". Exatamente do mesmo jeito, no mesmo tom, na mesma medida de sentir. Começou a clarear ainda mais dentro de mim, e essas luzes me levavam leve, eu já nem lembrava mais de dinheiro; ia gastar até o último centavo que tinha em minha conta para, só depois, pensar em dinheiro. Era impossível parar, eu já estava ali, flutuando, longe...

Agora sim, assim, aterrissei no ar

Quando íamos descendo das pedras, um dia, por curiosidade, perguntei quantas vezes ele tinha brigado com sua companheira em um ano de namoro. "Só uma vez", e quando moravam em São Paulo ainda. O céu lá de dentro estava estrelado nessa noite, estava lindo de ver... Aliás, de sentir.

Sempre que penso nesses dias em São Thomé, fico rindo à toa. Eles foram como um retiro espiritual para mim, só que sem regras e sem cultos com hora marcada. Encontrávamo-nos por acaso mesmo, não tinha prédios enormes com suas construções riquíssimas para nos receber, era pelas ruas mesmo que a gente engrandecia nossos espíritos, que a gente conversava, e não havia sermões. Sabíamos muito bem o que podíamos e o que não podíamos fazer. E o melhor é que eram personagens reais, apenas vivendo suas vidas reais; não havia santos... Isso era o que mais me encantava... Essa é minha religião: viver.

Não sou santo
Apenas sinto

Não tinha bancos certos para sentarmos, podia ser em qualquer lugar, nas pedras, no chão, em uma cadeira... Ninguém estava ali para pecar... Nosso pecado era "não viver", e, naquele lugar místico, eu sentia uma paz cada vez maior. Um dia, à noite, lá nas pedras, depois de tocar violão com um amigo ao lado, deitei e olhei para o céu estrelado... Nesse dia havia algumas nuvens e, justamente quando olhei, o desenho de um ET se formava em cima de mim, uma cabeça bem ao estilo dos que passam na TV. Sem falar nada disso, falei para meu amigo ao lado olhar para cima e me dizer o que ele via, e, assim que ele olhou, imediatamente falou: "um ET". Ainda perguntei como ele via, e era exatamente como eu vi. Só me restava sorrir, e muito, e o resto... era apenas resto. Brincando de viver...

Ainda fiz amizade com um casal de curitibanos, um pessoal do interior de São Paulo, músicos do interior de Minas, umas meninas do interior de Minas, professores de São Paulo e com várias pessoas de lá – pessoas que gostam de tocar, outras que gostam de tomar sua cachacinha, outras que gostam de paz, todas que gostam de viajar. Vários largaram a correria louca de São Paulo para morar em São Thomé... Uma troca santa. Eu pegava o que via de melhor em cada um, e meu sorriso já estava quase tão intenso quanto o de Clarice, e tanto quanto a luz que brilhava dentro de mim.

O tal número 2, por sua vez, apareceu com frequência, porém ainda não me convencia de nada. Mas, antes mesmo de chegar em São Thomé, em Três Corações, ele, mais uma vez, deu as caras.

Há um tempo venho lendo sobre astronomia. Tenho me aprofundado mais nesse assunto, coisa que eu nunca fiz na minha vida, e tenho entrado em um universo esquisito, lindo, silencioso, prazeroso... Infinito. Há algum tempo eu queria ver o céu com uma luneta, mas nunca tive oportunidade, e, coincidência ou não, foi lá em São Thomé que eu tive essa oportunidade... Por acaso...

Um professor de física e seus amigos estavam lá em cima nas pedras, observando as várias estrelas que brilhavam, com suas máquinas digitais de alta resolução e uma luneta de responsa. Conversamos um pouco e vi o céu sob outro olhar, mais específico, detalhes da imensidão, detalhes que fazem a diferença. Há partículas que não enxergamos a olho nu e tudo está aí, em nossa cara, formando coisas, inclusive a gente.

Ainda encontrei um outro rapaz por lá que estava indeciso se deveria, com a esposa e o filho de quase dois anos, deixar São Paulo para trás – como muitos fizeram, a troca santa –, para ir morar lá. Foi uma conversa muito interessante e falei que eu era suspeito para opinar. Eu não teria dúvidas... mas falei para ele: "se há dúvidas, há dor... E, se há dor, há vida... Não tenho dúvida!".

Também conheci um professor de filosofia depois de ele me ouvir tocar uma música minha, sozinho, em cima de uma pedra, olhando o horizonte, o pôr do sol, olhando para a imensidão, para o nada... O tudo. Conversamos por uns bons minutos. Mais anjos, e de todos os tipos... Tantos professores nesse lugar, até os não profissionais... Agora era mais frequente e mais profundo: "vá em frente".

Para todos, eu dei meu CD de presente, o CD com gravações caseiras, antigas, meio desajeitadas, algumas desafinadas... Eu estava só brincando de viver. Perdoem-me os mais profissionais.

Teve um dia em que saí para comprar pão de manhã cedo e cheguei bêbado à noite no camping... E sem pão. Contagiava ficar lá fora, pelo menos para mim, esse rapaz que gostava de se isolar para ficar ouvindo música sozinho no carro quando era criança.

Não sou tão tímido assim
É que monstros me assustam

Catorze dias depois, de frio, chuva, sol, calor, dormindo em uma barraca, sem internet, sem televisão, eu descansei por um dia e decidi ir embora. Algo me dizia que eu devia voltar para São Paulo. Era o meu instinto. Mais do que nunca é ele quem tem me levado, e eu apenas obedeço...

> "Não discuto com o destino
> O que pintar,
> Eu assino"[14]

No dia em que fui embora, tomando meu café da manhã, comendo meus pães de queijo dentro de Clarice, parou um carro em minha frente e desceu um sujeito gente fina perguntando: "e essa Kombi sorridente?". Conversamos um pouco. Ele também morava em São Paulo; largou tudo e foi morar lá. Quando me perguntou para onde eu estava indo, respondi: "São Paulo", e ele me falou bem-humorado: "meus pêsames". Sorrimos e fui embora... De volta à cidade grande...

> *Para aprender, experimento os extremos:*
> *da calma à correria*
> *do sábio ao ignorante*
> *do feliz ao triste*
> *do grande ao pequeno*
> *do idoso à criança...*
>
> *Quando estou na correria, alguns que gostam de calma criticam-me*
> *Quando estou na calma, alguns que gostam de correria criticam-me*
> *Quando estou triste, uns felizes, infelizes, criticam-me*
> *Quando estou pequeno, uns grandes esnobam meu tamanho...*

---

14 LEMINSKI, Paulo. *Caprichos e Relaxos*. São Paulo: Brasiliense, 1983.

*Olho para eles e vejo-os presos em um círculo, invisível,
como se fosse errado ou feio ou estranho sair desse círculo*

E é justamente esse círculo que ofusca o que chamo de...

Liberdade

Na volta, ainda passei no mesmo mecânico que consertou a porta de Clarice, em Três Corações, só para ele dar uma olhada no motor, para ver se estava tudo certo. Pouco tempo depois de ele olhar e acelerar lá de trás, pelo retrovisor vi ele falar: "esse motor não tem nada não, uai!". Sorri e, mais uma vez, São Paulo. De uma cidade de menos de 10 mil habitantes, de volta para a de quase "20 milhões". Uma das maiores cidades do mundo; o dinheiro rola solto por lá. E, na minha bagagem, um apego grande ao desapego.

De volta ao apartamento 25, estava com a ideia de arrumar um emprego e ficar lá por um tempo. Mas o apartamento ia ser entregue, o contrato ia vencer. Fiquei sem saber o que fazer e, com bastante leveza, decidi voltar para Sergipe. Eu já tinha pensando nisso quando ainda estava em São Thomé, porque em Aracaju eu economizaria em moradia, alimentação, e já pensava em escrever este livro. Para terminá-lo, faria a viagem São Paulo/Aracaju sozinho, quase 2.200 km. Mas não terminar a viagem. Ela nunca acabará, esteja onde eu estiver. O infinito é um caminho longo, único, eterno... Era só uma parada, uma renovada, uma visita à família e aos amigos... E, sobre o amanhã, só meu instinto de hoje à noite me dirá o que devo fazer. E, com o dinheiro que restou, só dava para fazer essa viagem...

Uns não entendem por que vou
Outros não entendem por que volto
Muitos não entendem, sequer, o que sou

É preciso?
Não...

Como também não preciso da precisão cega dos donos da razão

Vai noite e vem dia,
a vida é grande demais

Infinita...

E onde não tem saída
é por onde a gente sai

Onde a chave não abre,
quando ela é torta,
a gente pula a janela

Se a porta se fecha,
sem nenhuma pressa
a gente arranja uma brecha

Onde a gente não alcança,
a gente não se cansa:
no final,
a gente se arranja

Vai noite e vem dia
E, apesar de tanta reclamação e da própria agonia,
apesar da tanta hipocrisia,
quase ninguém se vai por vontade própria

Eu vou levando...
Meu segredo é que minhas vontades ficam à vontade comigo
O segredo é que sou independente, independente de qualquer coisa

Vem vida...

Vai noite...

Vem dia...

E nesse vai e vem,
e nesse vem e vai,
entre becos e avenidas,
entre placas tortas, estradas e esquinas,
eu posso dizer:

ela é linda...

Mesmo que ela doa demais

E para os que sentem, não é fácil...
A vida é uma estrada escorregadia

▶ **31/07/2012** | **São Paulo – SP**

Oh, Deus dos mares,
Deus dos ares...
Todos os deuses

Quantos andares ainda faltam,
Quanto ainda preciso andar,
Quando ainda preciso nadar,
Para chegar aonde preciso?

Não, não precisa me dizer
Estou, apenas, brincando...
Quem sabe, até, blefando

Para quê saber?
Assim perderia a graça do jogo
A precisão da beleza
é esse mistério precioso

E aonde eu quero chegar?
Não importa!!
Quero apenas abrir portas...

E andar já me basta!!

Eu bem sei:
O caminho é infinito...

▶ **04/08/2012** | **São Paulo – SP**

Seja um Santos Dumont em sua alma
Suba no monte
Faça ela voar
Tem um monte delas presas,
presas fáceis para o sistema

Não tema!!
Escolha bem o seu rei:
um outro qualquer
ou você mesmo

Vá, arrisque
Não corra o risco de sua vida escorrer pelo ralo
De escorrer pelos dedos
Não seja só mais um dado
Um CPF e uma foto 3x4
Não morra tão cedo
Viver não é só respirar
Isso é só o começo

Um ser desperto
(Voar é tão perto)

Inspirações...

para eu não pirar

▶ **16/08/2012 | São Paulo – SP**

A dúvida é a dívida pela dádiva de viver...

▶ **21/08/2012 | São Paulo – SP**

Porém, para fazer essa viagem longa, tinha que trocar os pneus da frente e os amortecedores. Aí entraram meu pai e minha mãe para me ajudar, já que o dinheiro que eu tinha era praticamente a medida certa para voltar.

Decidi ir numa quarta-feira, mas, antes, seria um dia inesquecível, e tinha que ser comemorada justamente com essa pessoa, aquele cara da capa roxa com a guitarra de lado cantando ao microfone. Era 21 de agosto de 2012: enquanto eu fazia 30 anos, fazia 23 que Raul morreu. Minhas festas sempre foram comemoradas com muitas músicas dele, tocando e cantando com os amigos, mas nesse ano, especialmente o ano em que fiz essa viagem, ia ser comemorado na Praça da Sé, lugar onde os "malucos beleza" se reúnem todos os anos para cantar todos um mesmo grito, um único grito de várias vozes. As vozes dos sonhadores... "Mas cada um nasceu com a sua voz...". E pessoas assim me arrepiam.

Foi uma festa de foder, mesmo eu conhecendo poucas pessoas ali, mesmo praticamente ninguém sabendo que era meu aniversário. Mas a sinceridade das pessoas que cantavam, do catador de lata ao engravatado... Era com essas pessoas que eu queria estar nesse dia. Quanto maior a cidade, a tendência é a frieza e uma distância maior entre as pessoas. Mas ali não, mesmo nessa mesma cidade grande: ali estavam todos de alma. Tudo o que queriam era cantar, desengasgar o grito que muitas vezes só desengasga quando se canta... E todos estavam ali por causa de uma pessoa: aquele cara da capa roxa.

Dia mágico – Praça da Sé – São Paulo (Foto p. 191)

Você
(Raul Seixas e Cláudio Roberto)

Por que deixar que o mundo lhe acorrente os pés? Finge que é normal estar insatisfeito... Será direito o que você faz com você? Por que você faz isso, por quê? Será que é medo?

Ilha da fantasia
(Raul Seixas e Oscar Rasmussen)

Não se esqueça, meu amigo, de chamar o seu vizinho
Navegador... Vê se na praça tem alguém para vir
A barca de Noé tá pra sair, navegador

Agora sim eu podia voltar para Aracaju... Seria esse o caminho mais certo? "Não sei para onde estou indo, mas sei que estou no meu caminho... Enquanto você me critica, nego, eu tô no meu caminho...". Dentre todos que opinaram sobre minha decisão, prefiro a de Raul Seixas, ainda que ele tenha morrido sem saber que eu ia fazer essa viagem de Kombi. Mas ele sabia muito bem sobre a viagem que podemos fazer dentro da gente...

Fiz o roteiro. Iria devagar, queria viajar tranquilo. A ideia era fazer de 350 a 400 km por dia. Ouvindo um som no meu quarto, com o mapa aberto em cima do colchão, no chão, escolhi as seis cidades em que iria dormir até chegar em Sergipe. O coração estava a mil, a cabeça também, e tudo o que eu sentia, o resultado dessa mistura, era o sabor da vida em minha boca... O mesmo sabor que eu já senti um dia... O sabor do saber... O sabor do doer... E o sabor de sorrir... Saber-dor-ria.

A viagem acabou sendo, sem eu querer, mais uma vez, na data da morte de Renata Agondi, 23 de agosto; as coincidências. Eu e minha trupe imaginária de filósofos, cientistas, escritores, músicos e loucos em geral, ao entrarmos no carro, fizemos uma homenagem a ela. Sim, estavam todos lá, e para aquele que provar que estou mentindo eu tiro o meu chapéu. Minha imaginação eu uso como eu quero, assim como quando se lê um livro, e era esse o meu passatempo predileto. Depois de rodar a chave para iniciar a viagem, ouvi alguém do meu lado falar: "Vamos... *Navegar é preciso*!".

E nesse sonho, mas real (a beleza das palavras), despedi-me da cidade grande mais uma vez, com esse meu espírito que não se decide, que não acha lugar em lugar nenhum. Mas eu estava feliz... Espírito leve, meu sorriso permanecia firme, tal qual o de Clarice. Eu nem queria saber mais como iria pagar o seguro e o IPVA, que ia vencer um mês depois que eu chegasse... Eu só queria viver. Pegamos a rodovia Dutra enquanto cantávamos, eu e minha trupe, músicas de Belchior, Luiz Gonzaga e tantos outros que também caíram nessa estrada, nessa *Infinita Highway*.

Antes das 14h eu estava em Piraí, interior do Rio, minha primeira parada, logo depois de uma descida indescritível pela Serra das Araras. Pena não ter conseguido tirar fotos; eram descidas e curvas delicadas, era impossível, mas, na minha mente, um álbum de imagens, de visões, a sensação de estar no alto e passeando, eu e ela, Clarice. Não achei vaga em pousada nenhuma da cidade. Tive que seguir em frente, e uns 20 km depois vi um posto onde tinha um hotel. Clarice estava lotada. Tinha coisas que eu não mandei para Aracaju quando me mudei de São Paulo pela primeira vez, e eu estava aproveitando o seu coração de mãe. No primeiro dia foi tudo tranquilo, mas, já no segundo, as surpresas começaram a aparecer.

Primeiro, quando fui ligar a Clarice de manhã cedo, ela demorou para dar a partida, mas pegou. Depois, parei em um posto para abastecer, e, quando abri a tampa do motor, ele estava todo sujo de óleo, aliás, do lado de fora da tampa também. Olhei o nível do óleo e, vendo que ainda tinha, decidi ir embora. Ao tentar ligar de novo, continuava a demora para dar a partida. Não estava gostando nada disso. "Vamo com fé", disse alguém da minha trupe... Durante o percurso, duas pessoas buzinaram para mim, com aquela mesma empolgação dos sonhadores... "Vá em frente!"... "Vá em frente!"...

Antes de chegar em Campos dos Goytacazes, ainda no Rio de Janeiro, parei em um posto para descansar e pegar uma água. Quando fui ligar o carro, mais uma vez demorou, e parecia até um pouco pior... Mas pegou... E consegui chegar sem maiores problemas em meu destino. Ao ver um posto com gás em Campos, aproveitei para abastecer logo, e a demora na hora de ligar continuava. Ainda parei em outra pousada, mas não fiquei porque era um pouco cara e, mesmo assim, não tinha vaga.

Na outra pousada em que fui, decidi ficar. Tirei as coisas que eu ia precisar de dentro do carro e, quando fui ligá-lo para ir atrás de uma oficina... não ligou. Tentei mais algumas vezes e nada. Só deu para sorrir e agradecer: de tantos lugares onde poderia dar problema, na estrada, 350 km, ela parou justamente na frente da pousada em que eu já tinha acertado. Ela podia até ter dado problema nesses lugares em que parei antes, em Campos mesmo, mas não: foi na frente da pousada em que eu já tinha acertado para dormir. Dá para ficar com raiva?

E já quando cheguei, enquanto eu procurava um lugar para dormir, o número 2 começou a aparecer de uma forma que fez minha incredulidade balançar. Praticamente em todos os lugares em que passei havia cartazes da candidata favorita à Prefeitura de Campos, e o número dela era 22. Olhando os telefones pintados nas paredes das lojas e nos *outdoors*, vi que o DDD de lá era 22. Passei a prestar atenção nas placas dos carros; o número que mais apareceu foi o 22. Mas, até aí, tudo bem... Ainda levei como uma brincadeira, mas uma brincadeira cada vez melhor, mais interessante, mais divertida... Tal qual criança, uma brincadeira que surge do nada, mas que te leva a caminhos dos mais diversos, diferente da rotina massacrante de todos os dias... Brincando de viver.

Apesar da leveza, claro que fiquei um pouco apreensivo, pois tinha um problema grande para resolver. Depois de ligar para o seguro, já na oficina, quando o primeiro mecânico olhou e me disse que era melhor esperar um outro mecânico porque ele entendia mais de Kombi, vi que o negócio seria sério. Depois das 17h, ainda sem almoçar, veio a porrada: teria que desmontar o motor e ver se não deu problema nisso, nisso e naquilo. Era uma sexta-feira e o motor só daria pra ver na segunda; a retífica não funcionava dia de sábado. E só mais um detalhe: não ia ser tão rápido, ia demorar cinco dias. Sem opção, autorizei o serviço e saí pensativo para almoçar, refletindo sobre o que fazer, como ia arrumar o dinheiro para pagar o serviço e para continuar a viagem... Tudo o que eu tinha na conta, com certeza, acabaria ali, aliás, essa era minha única certeza naquele momento.

Sem raiva, sem xingamentos, leve, sem perguntar a ninguém (principalmente para alguém invisível) "por quê!?", fui almoçar em um shopping perto da oficina. Entrei, fiz meu pedido, esperei, e, depois que eu sentei, já com a comida, foi que eu percebi que tinha um som ambiente um pouco difícil de ouvir devido ao barulho e porque estava um pouco baixo também. Mas, quando percebi, talvez até só tenha percebido por ter sido ela, a música-hino da viagem: *Infinita Highway*. Arrepiou e meus olhos encheram de lágrimas... E, em vez de chorar, almocei sorrindo.

Voltei para a pousada e à noite liguei para um amigo de São Paulo, que conheci em São Thomé, para contar as coincidências e os problemas; ele era a pessoa certa para falar sobre isso. Depois de uns dez minutos de conversa, terminei falando: "mas é isso... As coisas acontecem inevitavelmente e o que muda é a forma de cada um encarar o problema... O importante é que estou leve... Eu sinto que tudo está no seu lugar...". Desligamos o telefone e cinco minutos depois ele me mandou uma mensagem: "Assim que voltei para a aula, o professor estava falando: 'Taoismo... Tudo está no seu lugar'". Sinais?

No sábado, saí para dar uma volta pela cidade, andar por ruas diferentes, lugares diferentes, respirar um pouco para clarear a mente. O número 22 continuava aparecendo, e eu apenas ria. Enquanto andava pelas ruas desconhecidas, parei para pensar como seria legal chegar assim de repente em uma cidade totalmente desconhecida, sem motivo nenhum, por acaso, e decidir morar nela. Passando pelas casas e prédios, eu já ia imaginando, sentindo como seria caso eu morasse em cada lugar daquele. Depois de um tempo veio o arrepio, o tão conhecido por mim, aquele que diz: "é isso o que você vai fazer"... E foi o que eu fiz...

O problema maior a essa altura era a grana. Depois de um fim de semana de muita reflexão, muito raciocinar e muitas contas, ao acordar na segunda-feira, comprei o jornal e fui nos classificados procurar emprego e lugar para morar. Achei um quarto com um preço razoável em um lugar bom. Antes, eu tinha ligado para minha mãe e ela liberou um empréstimo em seu nome para pagar o motor e para o caso de eu decidir voltar... Enquanto isso, tentaria arrumar um emprego dentro de um mês. Se eu conseguisse, ficaria, se não, voltaria para Sergipe. A brincadeira estava ficando cada vez melhor... Dava gosto de ver minha leveza... Ah, se eu pudesse deitar ela aqui através destas palavras...

A mudança nunca muda:
quer sempre o novo

E eu, sempre renovado,
quero mudanças
Não, ninguém precisa mudar ao meu redor
Ai de mim se tivesse que esperar pelos outros
São tantos os preguiçosos de viver...

Depois que o dono da república me mostrou os quartos da casa antiga, escolhi um no primeiro andar, que ia dividir com um senhor que passava a maior parte do mês viajando. Pensei no tempo que teria para ficar só; eu preciso disso...

... Agora,
estou em uma cidade que há pouco não conhecia,
morando em uma casa antiga,
que há pouco não conhecia,
conversando com pessoas também desconhecidas,
apesar de algumas delas parecer que eu conhecia há muito tempo

Neste exato momento,
olhando pela janela enorme,
típica das casas antigas,
escrevo em meu velho caderno
já tão conhecido por mim:

Morarei eternamente no mesmo lugar:
na mudança
E amanhã, quem sabe,

Um outro lugar?

▶ **15/09/2012 | Campos dos Goytacazes – RJ**

Olha o número 22 aparecendo por acaso (Foto p. 194)

Se sou estranho?
Claro que sou...
Eu estranharia se não fosse...

Eu vejo tudo tão igual

Três dias depois de eu ter chegado na república, o senhor, meu colega de quarto, um sujeito muito gentil, estava lá, e logo começamos a conversar. Ele gostava de falar muito e, aproveitando esse brincar de viver, eu aproveitava para ouvir muito. Eu estava ali apenas para aprender o que aquele senhor tinha para ensinar, como também joguei fora as coisas que me pareciam um tanto conservadoras... Mas eu só estava lá para aprender, não para julgar... Além de aprender, eu me divertia bastante... Apenas divergências de opiniões... Ensinamentos da vida...

Perto das 22h ele já ia deitar. Disse-me que tinha dormido mal nas últimas duas noites, e, enquanto ele ajeitava sua cama, contei-lhe sobre a viagem que eu estava fazendo, que eu tinha largado o emprego no banco, concursado. Se ele fosse meu pai, com certeza esse teria sido um dos maiores sermões da minha vida... Mas ele não era, eu sou livre e ele sabia muito bem disso... A gente ria muito, apesar do debate intenso, das discordâncias; tão intenso que, quando fomos dormir, já passava da meia-noite. Eu achava graça quando ele me dizia que não deveria trocar o certo pelo duvidoso, pois era exatamente isso que eu estava fazendo naquele momento de minha vida, era justamente disso que eu estava precisando. Naquele quarto, de janela enorme, dois extremos a conversar... Em paz... Quando me perguntam se sou formado em alguma coisa, gostaria de poder dizer: "estou estudando para me formar em vida", mas não há diploma e nem tem como... O curso é infinito... E as aulas e os debates acontecem por aí, por acaso... Basta você mergulhar.

Já no outro dia ele disse-me que podia me ajudar. Ele tinha umas caixas para levar para Maceió e estava precisando de alguém para levar... Justamente o meu caminho... Sinais? Tudo bem que a Kombi estava cheia, Clarice estava lotada (minha trupe ia deitada em cima das coisas), mas poderíamos arrumar melhor e ver o que dava para levar. Caiu do céu uma forma de ganhar uma grana, caso eu tivesse que voltar para Aracaju. Ajudaria na viagem, minhas dívidas diminuiriam. Ali já valeu a pena ter ficado, mesmo que eu voltasse naquele momento... Os anjos...

Será que soube explicar melhor nesse último parágrafo o que é a delícia de viver? E, se isso não for liberdade, tenho certeza de que é o mais próximo disso, e morrerei tentando chegar lá, em minha liberdade total, mesmo sabendo que morrerei apenas tentando. Não é o fim que importa... É o andar... É infinito... E, mesmo com a proposta, eu resolvi ficar até o último dia do mês para ver o que acontecia... Cada vez mais achava graça e cada dia eu achava a vida mais graciosa. Será que os possíveis sinais eram para eu conhecer esse senhor ou para ficar em Campos mesmo? Tinha um mês para pensar e deixei que o destino decidisse... Mais uma vez...

> *O acaso não está ali por acaso*
> *Por acaso já paraste para pensar nisso?*
> *Eu já...*
> *E me casei com o acaso*

Deixei currículos em vários lugares e em um mês ninguém me ligou. A única pessoa que me ligou, ao que acordei cedo para fazer a entrevista, ligou-me por engano. Anotei o nome de duas gerentes como minhas referências do banco, e ela pensou que eu é que tinha sido gerente. Outras duas pessoas poderiam me ajudar, mas não me ajudaram, apesar de eu ter falado com elas. Tudo indicava que eu ia ter que voltar... Mesmo assim eu já tinha saído no lucro e, se foi assim, foi apenas porque era para ser assim.

Ainda conheci os moradores do quarto do lado, dois estudantes, duas pessoas que tinham muito para acrescentar. Foram várias noites e vários papos, enquanto fumávamos nosso cigarrinho. Um era estudante de psicologia, e aprendi muita coisa na varanda daquela casa antiga. Enquanto divagávamos sobre a vida, em nossa frente, do outro lado da rua, ouvíamos os gritos de uma mulher, vindos da luz de uma janela de vidro; era uma maternidade. Mais um que chegava. O parto, a porta aberta... A vida. Desejei sorte e força do fundo coração para aquele ser recém-nascido. A vida não é fácil, tanto é que a gente já chega chorando. E para todo parto, seja lá qual for, há dor. Será que ele vai suportar?

O outro, desse mesmo quarto da varanda, apresentou-me escritores novos, mostrou-me escritos deles, avisava-me sobre o que estava acontecendo culturalmente na cidade e conversamos bastante também. Na primeira conversa, enquanto falávamos sobre minha viagem, ele me disse que se lembrou de um filme que tinha assistido e do qual havia gostado muito: *Na Natureza Selvagem*... Tinha que rir... Mais arrepios... Sinais? Como eu poderia ter dúvidas ainda?

Também tinha o senhor que dormia em um quarto no andar de baixo e que sempre me avisava do movimento cultural, e até assistimos a shows, exposições e peças... A maioria de graça. Além dele, havia a menina que trabalhava lá, e os pedreiros, gente de todos os tipos, cada um com sua graça. Na faculdade da vida, ali foi uma das turmas com que mais aprendi. Nunca vi tanta diversidade junta, cada um com sua história... E eu ali, fazendo a minha, mais uma vez observando o que cada um tinha de melhor, na minha modesta observação...

▼

Ao perceber que tentavam puxar meu tapete, foi aí que eu cresci:
Além de aprender a não me render,
Criei habilidades para ficar em pé em lugares não propícios para tal

E, em vez da queda, meu riso de escárnio

▶ 16/09/2012 | Campos dos Goytacazes – RJ

Um dia, em um pensamento inocente, antes de eu viajar, pensava em vender a Kombi, caso eu tivesse que voltar, e usaria o dinheiro para me manter por um bom tempo. Mas isso era antes, bem antes. Agora farei tudo que for possível para não vendê-la. Eu não quero me separar dela nunca mais.

Tenho uma amiga do Espírito Santo que estava morando em Macaé, no Rio. Ela é de Cachoeiro de Itapemirim, e Campos fica entre as duas cidades. Ela ia voltar para o Espírito Santo e precisava de alguém para fazer a mudança. Enquanto falava com ela pelo telefone sobre isso, eu fumava um cigarro numa área no fundo da casa antiga, e lá de cima dava para ver Clarice... Sorri, e pensei: por que não nós? E, uma semana depois, estávamos lá em Macaé conhecendo uma pessoa que não conhecia pessoalmente, mas com quem eu conversava há seis anos pela internet e telefone, e que foi uma das pessoas que sempre me deu forças para continuar escrevendo, para continuar seguindo em frente. Um ombro amigo, mesmo não havendo corpo... E, mesmo não havendo braços, muitos abraços. Clarice e suas graças... A graça do acaso.

Também conheci sua mãe, e com Clarice seguimos para Cachoeiro de Itapemirim. Chegamos quase à noite e acabei dormindo lá. Não quis cobrar nada pelo frete, apenas o combustível e os pedágios, apesar da insistência delas. No outro dia, porém, antes de eu viajar, a mãe dela apenas disse para eu sentar e ouvir. Disse-me que ia me dar uma parte do que seria o valor do frete e que eu teria que aceitar, porque era um presente. Aí eu aceitei, presente não se recusa.

Viajando sozinho, de volta para Campos, eu apenas flutuava. Parecia até que eu estava no mesmo plano que a minha trupe. Nesse momento, eu já tinha conseguido dinheiro suficiente para pagar minha estadia em Campos, ou seja, nesse mês eu ganhei aquele presente da vida, só pela atitude de correr o risco rumo ao desconhecido...

Meu corpo flutua nos bancos de Clarice
Meu disco voador é branco e tem quatro rodas
A Terra é o meu céu
Os estados em que passo, galáxias
As cidades, planetas

Explorando,
inspirando-me,
respirando um ar mais puro,
sem esperar mais nada de ninguém
Apenas crescer... E flutuar
Voar por entre o infinito

Esse universo se transforma em versos
E eu me transformo cada vez mais em mim

Mesmo se eu estiver na escuridão
(aprendi com ela mesma),
levo a vida no tato

De olhos fechados,
no faro,
meu farol é mágico

Leve demais, apesar desse meu ar pesado

Um "Big Bang" no fundo do peito...

E a vida encostando os seus doces
nos meus salgados lábios

Chovia meus olhos, uma tempestade...

Mas era aquele o gosto perfeito...

O gosto da vida na ponta da minha língua...

Um beijo molhado

▶ **22/09/2012 | Campos dos Goytacazes – RJ**

Em um desses dias desse mês mágico, teve uma palestra de um candidato a vereador, e o estudante de psicologia foi convocado a comparecer. Eu já tinha lhe contado sobre as coincidências do número 2 e ele ficou meio em cima do muro, assim como eu. Mas, quando ele chegou dessa reunião, uma das primeiras coisas que ele me perguntou era se eu conseguia adivinhar o número do candidato. Essa foi fácil: 22222... Ele também estava começando a gostar da brincadeira... É contagiosa...

Outro dia, depois de mais um dia de conversa com ele e de mais uma vida chegando do outro lado na maternidade, ele me apresentou uns quatros livros do Nietzsche para me emprestar, além de uns de outros autores, para eu escolher um. Perguntei qual do Nietzsche ele me indicaria e, por uma questão de entender melhor sua obra, indicou-me o *Assim falou Zaratustra*[15]. Numa tarde, depois de ler algumas páginas do livro, fiquei observando a capa e os detalhes dela. Só vendo o tamanho do meu sorriso quando vi o número 22 embaixo do título, na parte do lado do livro. Era daquelas coleções de bolso e, geralmente, cada obra tem um número. Mesmo sendo difícil de acreditar nessas coincidências, estava demais. Confesso que aquilo fez minha incredulidade balançar mais uma vez, e, só para ter uma noção da, que seja, coincidência (isso é o que menos importa... O doce é o mistério...), abri o livro para ver qual a possibilidade de ser outro número, e havia 308 obras diferentes. Quando mostrei para o vizinho, ele riu bastante e disse: "cara, agora eu tô começando a acreditar nessa coisa também...". A doce brincadeira...

E esse livro não era um livro qualquer, não era só mais um livro muito bom que eu ia ler em minha vida, mas, sim, o livro exato para eu ler naquele exato momento da minha vida. Foi de arrepiar, mais uma vez. *Assim falou Zaratustra*:

> *Ver revolutear essas almas aladas e loucas, encantadoras e buliçosas, é o que arranca a Zaratustra lágrimas (...) Eu sou um viajante e um trepador de montanhas. Não me agradam as planícies.*

---

[15] NIETZSCHE, Friedrich. *Assim falou Zaratustra*. São Paulo: Martin Claret, 2012.

Ainda faltavam vinte páginas para eu terminar o livro quando chegou o dia de eu ir embora... Então o ganhei de presente... Um presente indescritível... O livro 22.

Depois de um mês totalmente diferente em minha vida, tudo por acaso, Clarice estava arrumada para mais uma viagem. O conserto do motor ficou mais barato do que eu esperava, mas ainda sim foi um valor alto. Voltaria para casa, mas devendo o aluguel dos meses que passei em São Paulo e um empréstimo. Além disso, o IPVA e a última parcela do seguro iam vencer logo depois que eu chegasse. Para aumentar um pouco a dívida, antes de viajar levei Clarice para ver os pneus e os amortecedores de trás, e tive que fazer uns serviços (que não tinham nada a ver com os amortecedores e os pneus) que me custaram uma boa parte da grana. Mas e daí? Meu sorriso estava igual ao de Clarice, sem se desmanchar um instante, sem precisar de nenhum reparo. Depois, quando eu chegasse, eu pensaria nessa coisa de dinheiro... Naquele momento, eu estava ocupado, desocupado, eu estava brincando de viver.

▼

Acordei cedo. O destino era Linhares, já no Espírito Santo. Dei uma desviada no caminho para passar pela Rodovia do Sol novamente e pela ponte Vila Velha/Vitória, já que a viagem inteira seria pela BR-101, sem ver o mar. Mais alguns quilômetros rodados, viajando sozinho, e a paz que eu tanto buscava desde que me tornei adulto agora fazia-me companhia, inseparável. Não que eu não soubesse o que era essa paz, e não que eu não tenha sentido ela algumas vezes, mas sempre tinha alguma coisa, alguma preocupação para me atormentar, o tal algo que faltava. Agora não: eu estava no auge do meu viver, a vida finalmente brilhava como eu queria, como eu busquei, como batalhei cada quilômetro rodado, Clarice e eu. Tudo estava lindo. De vez em quando as lágrimas também faziam-me companhia, e, o que era melhor, não eram de tristeza, mas, sim, de uma alegria transbordando, impossível de conter.

Consegui até tirar uma foto em cima da ponte, já chegando em Vitória, e seguia feliz da vida, quando, depois de uma outra ponte, saindo de Vitória, após ouvir um barulho embaixo do carro, meu pé esquerdo não conseguia mais sentir a embreagem em sua altura normal. A marcha não entrava de jeito nenhum, um ônibus atrás de mim buzinava, e, assim que eu constatei o problema, meu primeiro pensamento foi: "tudo o que eu queria nesse momento é que tivesse uma oficina por perto". Passado o sufoco, depois de ligar o pisca-alerta e o ônibus finalmente passar por mim, olhei para o lado e o que eu mais vi foram lojas de autopeças à esquerda, do outro lado da avenida.

Passei a segunda marcha com o carro desligado, liguei ele na marra e fui na segunda marcha até parar em um ponto de táxi logo em frente, para algum deles me indicar uma oficina, e fui informado de que tinha uma atrás daquelas lojas de peças de carro que eu tinha visto... Bem ali... O ponto dos taxistas era justamente em uma entrada para fazer o retorno, em que arrisquei entrar. De repente, podia ter uma oficina mais fácil desse mesmo lado da avenida, mas não, era do outro lado mesmo, foi tudo certeiro. Sorte demais? Sinais? Não sei... Mas não tinha como não arrepiar... Muito menos, como ficar com raiva... Clarice e suas graças...

Passava do meio-dia quando cheguei em frente à oficina, uma garagem pequena e que estava fechada. O vizinho falou-me para chamar pelo dono, que ele morava na parte de cima; mesmo assim ninguém apareceu. Imaginei que tinha ido almoçar e fiquei esperando. Meia hora depois eu vi que tinha uma outra oficina mais para frente. Fui lá andando. Era uma oficina grande, tinha bastante carro e uma única pessoa. Todos tinham saído para almoçar. Voltei, e às 13h30 o mecânico que eu esperava ainda não tinha chegado, mas, como vi um movimento na outra oficina, imaginei que o pessoal já tinha voltado do almoço e fui lá mais uma vez. Porém, ao falar com o responsável, ele me disse que não tinha jeito de fazer, não tinha tempo, estavam todos ocupados, mesmo explicando-lhes que eu estava viajando, que era meio urgente. Mas não teve jeito, tudo bem, a vida é como ela é. Quando eu voltei para a outra oficina novamente, o mecânico chegou praticamente junto comigo.

Desde o início da viagem, um cabo de acelerador, um cabo de embreagem e uma correia acompanhavam-me, exatamente para uma ocasião dessas. Expliquei o problema para ele, e ele, tranquilo, um sujeito manso, disse que dava para fazer o serviço, sim, e, com sua calma característica, se enfiou embaixo do carro para tirar o cabo da embreagem quebrado. Naquele momento eu nem estava mais com pressa, eu tinha decidido dormir por lá mesmo, mas, para demorar mais um pouco, uma chuva começou a cair. Mesmo assim, o mecânico continuava firme lá embaixo do carro, que estava do lado de fora da oficina. Refleti sobre a diferença da oficina grande, que não tinha tempo, para a oficina pequena, onde o cara trabalhava até debaixo de chuva.

Mas teve um momento em que a chuva apertou mesmo e não teve outro jeito, tivemos que esperar. Como não diminuiu a intensidade, colocamos o carro para dentro, empurrando, e lá dentro só cabia mais uma Kombi mesmo. As filhas dele ainda perguntaram sobre a Kombi pintada; expliquei-lhes, acharam bacana demais a ideia, e eu estava achando bacana demais esses meus dias loucos de viver... Deixei uns CDs e dei uns livros de presente para elas. Terminado o serviço, segui em frente em busca de uma pousada.

Fui em uma, mas não tinha vaga, e a recepcionista disse-me que outra na estrada só 15 km depois. Ainda chovia, e, quando acelerei o carro, senti uma vibração diferente... Seria mais um problema? Já um tanto distante da oficina, fiquei em dúvida se voltava ou não, e decidi não voltar. Iria complicar ainda mais; no outro dia eu veria isso. Parei em outro hotel, em um posto, e também não tinha vaga. Já estava começando a anoitecer e indicaram-me um outro posto que tinha hotel mais à frente. A essa altura, eu já estava arquitetando um jeito de arrumar as coisas por dentro onde desse para eu dormir em qualquer posto 24h. Mas achei vaga, e foi lá que relaxei depois desse dia tenso, porém, inesquecível e de coincidências daquelas de fazer qualquer ser humano em sã consciência sorrir... E chorar.

> *Todos os versos desta noite, meu amor,*
> *são para você*
> *Se tivéssemos obrigações um com o outro,*
> *eu até iria te agradecer*
> *Mas não:*
> *Alma e corpo, unha e carne*
> *Estamos no mesmo barco*
>
> *É lindo demais de se ver,*
> *mesmo a vida não sendo brincadeira,*
> *nós dois assim,*
> *brincando de viver*

Antes de viajar, ali do lado do posto mesmo, tinha uma oficina, e fui lá para dar uma olhada no motor. Disseram-me que não tinha nada em relação ao motivo da vibração, e que, se fosse alguma coisa, não seria grave. Segundo dia de viagem depois de Campos. Decidi fazer um percurso mais curto e dormi ainda no Espírito Santo, em São Mateus, no mesmo hotel em que eu tinha dormido com Thiago quando passamos por lá.

Entre as duas cidades, parei em Linhares para abastecer o gás. No posto, enquanto eu esperava, fiquei observando ao meu redor e na parede vi um mapa com as cidades que tinham postos de gás, de Macaé, no Rio, até Fortaleza, Ceará. Coincidentemente, tinha um único posto em destaque, e foi tão engraçado que no primeiro momento eu não consegui entender direito. Achava que eu estava enganado, lendo errado, ilusão de ótica, mas, ao ler com calma, vi que era o posto de Estância mesmo, justamente a cidade em que morei nos meus primeiros dezesseis anos... Sinais?

As coincidências (Foto p. 197)

Ainda em Sergipe, antes de iniciar a viagem, eu tinha pensado que seria legal se rolasse uma carona com alguém louco; louco no sentido de ter sede de viver. Fato é que eu já estava voltando para casa, quase seis meses depois, e nem lembrava mais disso quando, antes mesmo de sair do Espírito Santo, passando pela polícia rodoviária federal, um sujeito com um nariz de palhaço e sorridente como Clarice levantava o dedo ao lado de outro rapaz, com um skate, um contrabaixo e seu material para fazer malabarismos. No primeiro momento, como Clarice estava cheia, eu decidi passar direto, mas, numa questão de milésimo de segundo, voltei atrás e parei. Para os que têm sede de viver, sempre dá-se um jeito, desde que a finalidade seja... viver.

Eles correram, se ajeitaram do jeito que deu, e o papo foi tão bom durante a viagem, mais aulas e lições de vida, que não fiz os meus pretendidos 350 km, mas, sim, 520. Estiquei a viagem. Meu ombro ficou doendo pra caralho, fiquei muito cansado, mas foi uma viagem do caralho... Mais uma aula daquelas... Assunto: vida. O que a gente não faz para sentir a profundidade da vida ainda um pouco mais? Eu não podia virar o pescoço, que doía tudo, mas quem olhava para mim não via expressão de dor, e sim um sorriso, assim como o de Clarice.

Um era gaúcho e o outro de Roraima. Os dois, no dia anterior, tinham andado 30 km a pé; tanto é que um estava com o pé arrebentado. Esse esforço a que estão dispostos, por querer viver mais, é de arrepiar. Aí deram-me a felicidade de decidirem pedir carona justamente naquele dia que eu ia passar ali, e com um detalhe, uma pequena coincidência: estávamos já no norte do Espírito Santo, quase chegando na Bahia, e, na mesma época que fiquei em Campos dos Goytacazes, no Rio, eles também estavam por lá. Quando eles me disseram o local em que ficaram, que era perto de onde fiquei, lembrei que um dia passei por uma esquina e tinha um cara fazendo malabarismos com fogo no semáforo. Perguntei se era ele, e era... Sinais?

Ao pararmos em um posto, última parada antes de chegar em nosso destino, ao sair do banheiro, vi os dois conversando com mais dois rapazes. Quando cheguei perto, o assunto estava interessante. Um dos caminhoneiros estava curioso para saber o que era aquela Kombi toda pintada. Explicamos a minha viagem e a viagem dos dois, e que nos encontramos por acaso. O caminhoneiro disse que achava lindo o que nós fazíamos, passar por sacrifícios, questão de dormir, comer, tomar banho, para levar alegria pelo país. Esse foi um "vá em frente" mais profundo, sentia a essência da coisa... As pequenas grandes coisas da vida... Dei um CD de presente para cada um e esse mesmo que conversava com a gente brincou: "ainda bem, tô ouvindo o mesmo CD há quatro dias, só tô com um CD no carro... Valeu". O nome do meu CD: *No Fundo do Moço*... As gravações caseiras, meio desajeitadas...

O meu destino, modificado naquele mesmo dia, foi Itabuna. Iria rever mais uma vez a amiga especial, não é todos os dias que eu passo por lá. Cheguei na sexta e viajei na segunda. Ao me despedir dos meus amigos de estrada, deixei vários CDs meus com eles e dei uns livros de presente. Até logo, um dia a gente se encontra novamente por aí, pelas estradas da vida. Eles continuaram; queriam chegar em Salvador ainda naquele dia.

Itabuna – BA (Foto p. 198)

Já na segunda-feira dormi em Santo Antônio de Jesus, ainda na Bahia, minha última parada antes de chegar em meu estado natal. Fiquei numa pousada de um coroa muito gente fina e no outro dia, perto do meio-dia, eu já estava passando pela divisa Bahia/Sergipe, e sem me preocupar mais com aquele algo que faltava... Já não faltava mais. Um pequeno grande filme passou pela minha cabeça, um resumão, várias pessoas, vários lugares, vários sinais, vários sorrisos... Várias lágrimas... mesmo com minha atenção redobrada devido à chuva forte que caía assim que cheguei em Sergipe. Em alguns poucos momentos, até que ficou um pouco mais fraca, mas a maior parte foi intensa. Era um momento daqueles de o planeta extravasar, expulsar o peso pesado de suas nuvens negras... Parecia até eu...

E assim é a vida: caminhos, curvas, sol, chuva forte, chuva fraca, frio, granizo, calor, praia, metrópole, cidade pequena, cidade média... Pessoas, sotaques, histórias, lembranças... Memórias... E foi assim que cheguei em Estância, debaixo dessa forte chuva. Bati carinhosamente no volante várias vezes, rindo feito criança, chorando feito criança e gritando na maior paz do mundo: "Valeu, Clarice... Minha menina... Você é foda! Você é foda!".

Para fechar a viagem, dormi na casa de um casal de amigos de longa data, em Estância. Enquanto conversávamos pela tarde, esse amigo me disse que tinha o DVD do filme sobre Raul Seixas, que ele já tinha assistido no cinema, mas queria muito assistir novamente. O filme saiu em abril e eu não cheguei a ver. Viajei antes de chegar no cinema, em Aracaju. Mas para quê pressa? Apesar de eu estar já em "meu território", ainda não tinha chegado em casa oficialmente, e o destino me deu de presente a oportunidade, justamente o filme sobre o cara da capa roxa, assim, de surpresa, na última noite da viagem. Não é para sorrir? Abrimos um vinho e umas cervejas para comemorar, para fechar a viagem com chave de ouro.

> *Portas e janelas escancaradas... da alma*
> *A casa é sua, Vida... Pode entrar!*

No outro dia pela manhã, meus últimos 70 km, e, para me receber, o mar de ondas abertas, de vários braços, aquele mesmo que, no início, me cutucava, que fazia aguçar meus sentidos enquanto ainda era uma criança, enquanto eu o observava, sentado, sozinho nas minhas divagações. Olhei para o horizonte e ele deu-me uma piscada de olho, aquela piscada. A leveza era tanta que nem o poeta torto que habita em mim conseguiria traduzir em palavras esse sentimento em sua totalidade. Esse livro inteiro é só uma parte, só um pouco da imensidão do universo dos sentidos... A paz infinita que, mesmo que fosse perturbada... Paz. E será que ainda faltava mais alguma coisa acontecer, já chegando em casa?

Minha mãe mora em um prédio pequeno, onde os donos moram no último andar e são envolvidos com política. Quando cheguei no prédio, era véspera de eleição, vi várias bandeiras penduradas no prédio. Dá para imaginar o tamanho do meu sorriso ao ver qual era o número das várias bandeiras que tinha de um vereador? 22222.

▼

Uma semana depois de eu ter chegado, o gaúcho da carona me ligou dizendo que estava em Aracaju. Mas, como eu não estava, não deu para a gente se encontrar. Mesmo assim, algumas pessoas me adicionaram no Twitter e Facebook, porque um palhaço gaúcho andava com meus livrinhos, segundo uma dessas pessoas, como amuletos.

Pelo Facebook, uns dez dias depois, vi que o de Roraima estava aqui também. Pude acompanhar seu trabalho de perto no semáforo durante alguns dias. Ele até tomou uns banhos aqui em casa e pudemos conversar sobre a vida um pouco mais.

O problema do motor do carro foi uma peça bem pequena que soltou, e eu deduzi que foi esse o barulho do dia em que deu aquele problema ainda em São Thomé das Letras. Se foi isso mesmo, eu andei mais de mil quilômetros com a possibilidade de dar o problema no motor, mas ele "esperou" para dar bem na frente da pousada, em Campos dos Goytacazes.

▼

Mergulhar sem saber se vai quebrar a cara ou deixar ela mais sorridente... A vida está aí, e cada um faz o que quer dela. Agora brinco de viver, apesar de saber bem que a vida não é brincadeira. Ninguém precisa fazer exatamente o que eu fiz em busca de uma liberdade maior, mas a vida é essa que todos nós conhecemos, e é só ter disposição para encará-la, porque sempre vai ter gente de todos os tipos: pessoas que enganam, pessoas egoístas, pessoas que só pensam em dinheiro. Mas há também os que ajudam e os que amam... Esses últimos, para encontrá-los em maior quantidade, é preciso uma boa dose de luta... *Navegar é preciso!*

Desde o início da viagem, a resposta, o algo que me faltava, o algo que eu tanto buscava, estava bem ali, na minha frente, na minha cara, no rosto de Clarice. No início, queríamos ficar na estrada por tempo indeterminado. Não queríamos voltar para a vida corrida e massacrante de todos os dias, as obrigações diárias que, definitivamente, não são para mim, mas, para isso, tínhamos que nos manter de alguma forma, e era daí que vinha a angústia. A obrigação de vender meus livros, de ganhar dinheiro de qualquer jeito, era o que preocupava. O medo de ter que voltar. Mas, durante a viagem, isso foi se tornando cada vez menos importante. Era muito mais que isso, era muito mais profundo. Independente de onde ia dar a viagem, independente de voltar ou não, não era isso o que importava.

Ah, Clarice, o seu sorriso. Apesar de todas as dívidas, apesar de todas as dúvidas, eu aprendi. E a viagem continua... Infinita... Assim como os problemas e as tragédias diárias. Permaneço seguindo em frente. Agora, acabo de escrever esse livro, e, quem sabe, ele não venda a ponto de pagar minhas dívidas e juntar uma grana para fazer outra viagem? É isso que eu sou, é isso que eu quero, é isso que eu amo fazer. Se este livro vai vender, se isso vai acontecer? Não tenho certeza de nada... Só mergulhando no escuro para saber...

... E quem sou eu para ficar parado?

"Pedras no caminho, guardo todas elas... Um dia vou construir um castelo."
Fernando Pessoa

"Felicidade só é verdadeira quando ela é compartilhada."
Alexander Supertramp

Dez mil quilômetros rodados, minha menina...

Quando serão os próximos?

Infinita Highway
(Humberto Gessinger)

Mas não precisamos saber pra onde vamos, nós só precisamos ir

(...)

Não queremos ter o que não temos, nós só queremos viver

(...)

Estamos vivos e isto é tudo, é sobretudo a lei, da inifinita highway

▼

Tem gente que se acha "o inteligente" por ser socialista
Tem gente que se acha "o inteligente" por não ter Facebook
Tem gente que se acha "o cara" por não ter religião
Tem gente que se acha "o cara" por ter o carro do ano
Tem gente que se acha "o cara" por ser inteligente

Cada um pensa como quer e,
tudo, toda atitude, tem os dois lados
Até podem usar coisas boas para fins ruins
e vice-versa

Tudo fora de nós, apenas faz parte desse jogo de ilusões
E ninguém é mais ou menos por nada que tem aqui fora

Se você "se acha" por algum motivo,
seja lá qual for (ainda que um motivo digno),
é porque você ainda não se achou

*E, no final das contas,
é isso que importa*

*Um conselho:
Em vez de subir em um salto...
Prefira voar!!*

É muuuuuuuuito melhor,

Eu garanto!!

▼

Para os pobres de espírito:

*Estou torcendo muito, muito mesmo, por vocês...
Espero que vocês um dia evoluam...*

Vocês não têm noção de como a vida é bela

▼

*As regras
são as réguas da vida*

Quebrei as minhas...

E passei a escrever linhas tortas

Fotos: Ivan Costa/Thiago Nuts, além das fotos da matéria, de Cecília Garcia.

Poeta Sergipano do Asfalto

Quando toquei a campainha, por volta do meio-dia, o som do violão parou.

Eu e Cecília, a fotógrafa, nos olhamos, ressabiadas. Ivan abriu a porta e riu, dizendo que o porteiro confiou muito em nós – já que o morador não fora avisado que duas desconhecidas subiam. Thiago, um rapaz alto, apareceu e nos cumprimentou. Enquanto Ciça arrumava os equipamentos, me acomodei em uma cadeira na sala e constatei que o gravador não funcionava. Ivan sentou-se no sofá azul, embaixo de uma gravura de **Picasso**, e Thiago noutra cadeira – ambos mais ressabiados que nós. Peguei meu caderno, uma caneta, e tentei quebrar o gelo, dizendo que para um apartamento na movimentada **Nove de Julho** o lugar era até silencioso.

Conheci o poeta e músico **Ivan Costa** na **Virada Cultural** deste ano. Enquanto ia de um palco para o outro, notei uma trupe – no meio de um bololô de gente – empunhando violões e cantando feliz. Malditos hippies? Talvez. Pedi para que minha turma de amigos parasse ali. Algo me pedia para ficar. Um deles, cabeludo, veio até mim com um livrinho em mãos. *"Larguei meu emprego no banco e agora vendo meu livro de poesias."* Perguntei o preço, R$ 3,00. *"Não tenho agora"*, menti. Mas a história me interessou e perguntei de onde vinha o rapaz de sotaque malemolente. *"Sergipe"*, respondeu tranquilo. Contei que era jornalista e que sua história me interessava. Dias depois enviei um e-mail marcando nosso encontro.

Se há brilho, desembrulhe

Ivan nasceu em Estância, cidade de Sergipe com cerca de 60 mil habitantes, onde jogou muita bola pela rua e cresceu feliz. Aos 14 anos, pediu uma guitarra de presente para a mãe. Não ganhou, mas acabou atraído por um violão que pertencera ao pai e vivia encostado em um quartinho de coisas velhas. Conta que a música abriu portas para a literatura em sua vida. Mas, para ganhar dinheiro, fez de tudo um pouco.

Viveu quatro anos em Manaus, onde consertava computadores. Abriu uma empresa com o amigo **Thiago Nuts**, que funcionou por um ano e *"faliu, graças a Deus"*, em Aracaju. Pouco depois, mudou-se para São Paulo. Na primeira vez em que viu a cidade – quando quase foi atropelado –, segurava um violão e uma mala grande. Mudar-se para a terra da garoa tinha um motivo: queria prestar concurso para entrar no banco.

Conseguiu. Arrumou o famoso emprego *"pra vida toda"* no **Banco do Brasil**. Em 2011, empregado no banco, teve um livro publicado pela **Biblioteca 24 horas**, *Meus Versos, Meus Universos*. No mesmo ano, lançou *140 caracteres* – o livrinho que acabei ganhando na **Virada** –, agora independente.

A publicação, inspirada nos poucos toques do **Twitter**, traz frases poéticas, poemas e pensamentos soltos como *"Agora sim, assim, aterrissei no ar..."*. Amigos de trabalho e até mesmo os clientes mais chegados eram presenteados com um exemplar. Ivan conta que deixava livros no ônibus para que pessoas aleatórias os encontrassem. Uma vez, deu 100 exemplares para um vendedor de balas, pedindo que ele distribuísse junto com seus produtos comercializados transporte público afora. No outro dia, eufórico, o vendedor pediu mais, dizendo que havia vendido tudo.

O estopim se aproximava. Acordar para ir ao trabalho era tortuoso. Não que para o resto da humanidade seja diferente. Durante o expediente, o sergipano que um dia escreveu a bela frase *"Hora de partir para a agressão: pôr minha alma para dormir"* presenteou uma cliente mais velha com seu livro. A mulher mal leu duas frases e, olhando fundo em seus olhos, disparou:

"O que você está fazendo atrás dessa máquina?"

No dia 8 de fevereiro de 2012, o poeta teve sua alforria. Largou o banco e voltou para Sergipe com uma ideia fixa na cabeça: comprar uma Kombi e rodar sem destino para vender seus livros e discos. Antes, ligou para o amigo de infância e sócio na tal empresa de computadores em Aracaju com uma pergunta decisiva: *"Você tem coragem?"*. Thiago teve.

Chegando em Sergipe, Ivan apressadamente comprou o jornal de classificados local, que o levou até **Clarice**, a Kombi branca. O primeiro encontro exigiu que o pai do poeta – entendedor de automóveis – estivesse junto. Nascida nos idos de 2002, surpreendeu já no teste-drive: encostou durante a primeira volta no quarteirão.

Mas o amor a tudo resiste. Foi levada ao mecânico. Revisada, ganhou, além de um sorrisinho na parte dianteira, poemas e frases em sua lataria. Foi com ela que os dois amigos de infância resolveram rodar pelo país.

Com muitos sonhos, uniram o útil ao agradável: elaboraram um roteiro onde pudessem dormir na casa de conhecidos e, assim, conter as despesas. Deram um nome ao projeto: *Brincando de Viver*. Na Bahia, passaram por Arembepe, Salinas da Margarida, Porto Seguro, Itacaré e Salvador. Em seguida, rumaram para Marataízes, no Espírito Santo. Um dos últimos destinos foi Búzios, no Rio. Repleto de turistas, o lugar poderia ser um prato-cheio para os donos de Clarice. *"Ficamos dois dias e não vendemos nada"*, conta Thiago, rindo. Em contrapartida, tiveram um feliz encontro: conheceram um casal de argentinos que rodava a América Latina de bicicleta, vendendo seu CD.

Só neste ano, mais dois livros complementam a produção literária do sergipano: foram lançados *140 Caracteres – Novas Frases* e *Sinto Muito*, tudo independente. Por enquanto, Ivan e Thiago fixam residência em São Paulo. Dividem um apartamento com mais um amigo, mas estão cheios de planos. Querem continuar rodando por aí. Já **Clarice**, com seu sorrisinho na parte dianteira, é sucesso absoluto de público e mora num estacionamento empoeirado embaixo do viaduto. Na estrada, alguns olham sem entender nada, outros festejam e buzinam.

Os três – Ivan, Thiago e Clarice – foram parados pela polícia uma única vez. Não havia nenhum problema com documentos, nem com a Kombi. A única pergunta feita pelo guarda foi:

"Qual de vocês três sorri mais?"

**INFORMAÇÕES SOBRE NOSSAS PUBLICAÇÕES
E ÚLTIMOS LANÇAMENTOS**

Cadastre-se no site:

www.novoseculo.com.br

e receba mensalmente nosso boletim eletrônico.

novo século®

A viagem em imagens

▶ *Alguns recortes do que Clarice, Thiago e eu vimos...*

▶ 1º dia – Aracaju – SE

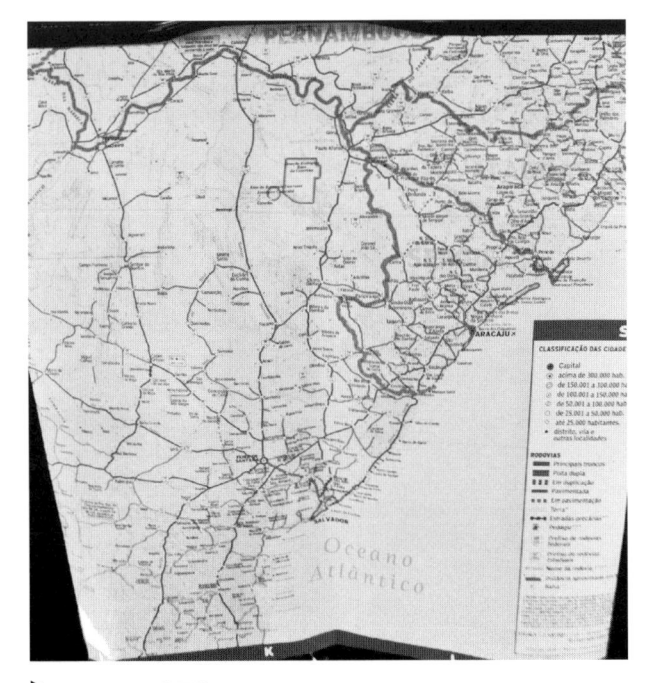

▶ Nosso GPS

▶ **Minha alma**

▶ **Por que "Clarice"?**

▶ A caminho da Praia das Dunas – SE

▶ Tomando café da manhã – Praia das Dunas – SE

▶ **Estrada do Coco – Linha Verde – SE/BA**

▶ **Arembepe – BA**

▶ Salvador – BA

▶ Farol da Barra – Salvador – BA

▶ **Travessia – Salvador/Ilha de Itaparica – BA**

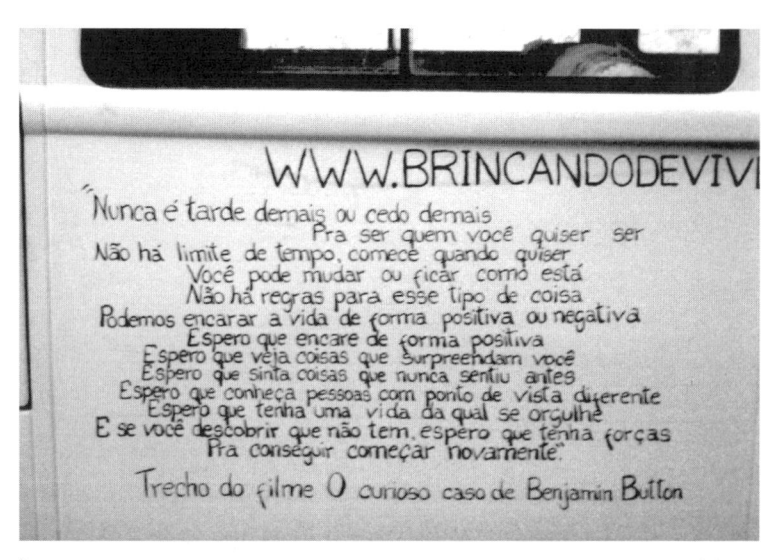

> "Nunca é tarde demais ou cedo demais
> Pra ser quem você quiser ser
> Não há limite de tempo, comece quando quiser.
> Você pode mudar ou ficar como está
> Não há regras para esse tipo de coisa
> Podemos encarar a vida de forma positiva ou negativa
> Espero que encare de forma positiva
> Espero que veja coisas que surpreendam você
> Espero que sinta coisas que nunca sentiu antes
> Espero que conheça pessoas com ponto de vista diferente
> Espero que tenha uma vida da qual se orgulhe
> E se você descobrir que não tem, espero que tenha forças
> Pra conseguir começar novamente."
>
> Trecho do filme O curioso caso de Benjamin Button

▶ **Quando perguntam sobre minha coragem, eis uma das respostas...**

▶ Salinas da Margarida – BA

▶ Saindo de Salinas

▶ Serra Grande – BA

▶ Chegando a Itacaré – BA

▶ Itacaré – BA

▶ Momento inspiração – Itacaré – BA

▶ **Final da Serra Grande, a caminho de Ilhéus – BA**

▶ **Itabuna – BA**

▶ Sul da Bahia

▶ Sul da Bahia

▶ **Mais um estado a caminho – Espírito Santo**

▶ **Terceira ponte – Vitória/Vila Velha – ES**

▶ Terceira ponte – ES

▶ Terceira ponte – ES

▶ Passando por Vila Velha – ES

▶ Guarapari – ES

▶ Seguindo para Marataízes – ES

▶ Chegando a Marataízes – ES

▶ Deixando cidades para trás...
Mais um estado: Rio de Janeiro

▶ A caminho de Búzios – RJ

▶ Búzios – RJ

▶ Búzios – RJ

▶ **No camping – Búzios – RJ**

▶ **Mais de 2 mil km rodados...**

▶ **Ponte Rio-Niterói – RJ**

▶ **Ponte Rio-Niterói – RJ**

▶ **Ponte Rio-Niterói – RJ**

▶ **A caminho de São Paulo – Rodovia Presidente Dutra – RJ-SP**

▶ Rodovia Presidente Dutra

▶ Rio que corre ao lado de carros que correm – Rodovia Presidente Dutra

▶ Rodovia Presidente Dutra

▶ Chegando a São Paulo... Chuva e frio...
Mais um estado...

▶ São Paulo – SP

▶ Apartamento 25 – São Paulo – SP

▶ São Paulo – SP

▶ São Paulo engarrafada

▶ Av. Nove de Julho – Endereço do Apartamento 25 – São Paulo – SP

▶ **Indo para casa – Virada Cultural 2012 – SP**
Segurando a lata de cerveja, meu grande amigo ator, que nunca consegue atuar na vida real

▶ **Capa da matéria "Poeta Sergipano do Asfalto"**

▶ Foto da matéria – Cecília Garcia

▶ Thiago Nuts e eu. Foto da matéria – Cecília Garcia

▶ Apartamento 25 – São Paulo – SP

▶ Na Universidade de São Paulo – USP

▶ A caminho de São Thomé das Letras
Mais um estado: Minas Gerais
Rodovia Fernão Dias

▶ Rodovia Fernão Dias

▶ Chegando a São Thomé das Letras – MG

▶ São Thomé das Letras – MG

▶ São Thomé das Letras – MG

▶ Paraty – RJ

▶ Paraty - RJ

▶ Fazendo um som com meu amigo Vitor Guirado
No camping - Paraty - RJ

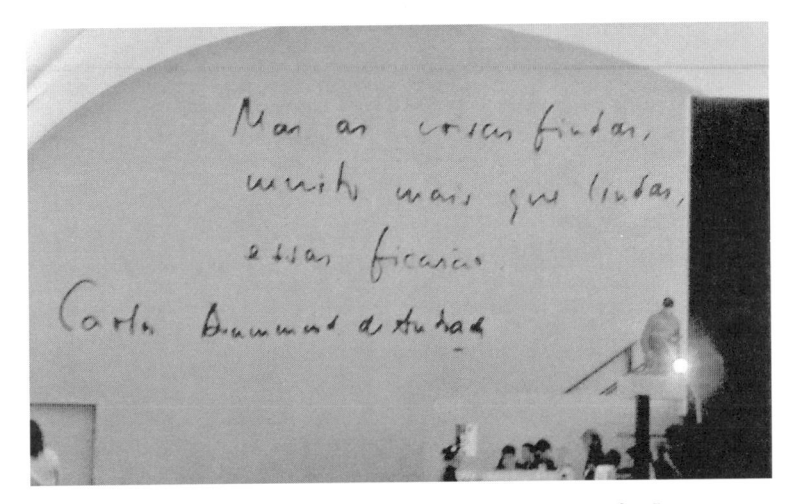

▶ "Mas as coisas findas, muito mais que lindas, essas ficarão." – FLIP 2012
Homenageado: Carlos Drummond de Andrade

▶ Voltando para São Paulo

▶ Subindo e descendo altas serras

▶ Chuva e neblina

▶ **No alto da serra**

▶ **Chegando novamente a São Thomé das Letras – MG**

▶ São Thomé das Letras – MG

▶ São Thomé das Letras – MG

▶ São Thomé das Letras – MG

▶ São Thomé das Letras – MG

▶ São Thomé das Letras – MG

▶ Uma estrela na frente do retrovisor...
Presente de uma amiga
São Thomé das Letras – MG

▶ **Consertando a porta em Três Corações – MG**

▶ O viajante de bicicleta e eu com minha cara de sono
São Thomé das Letras – MG

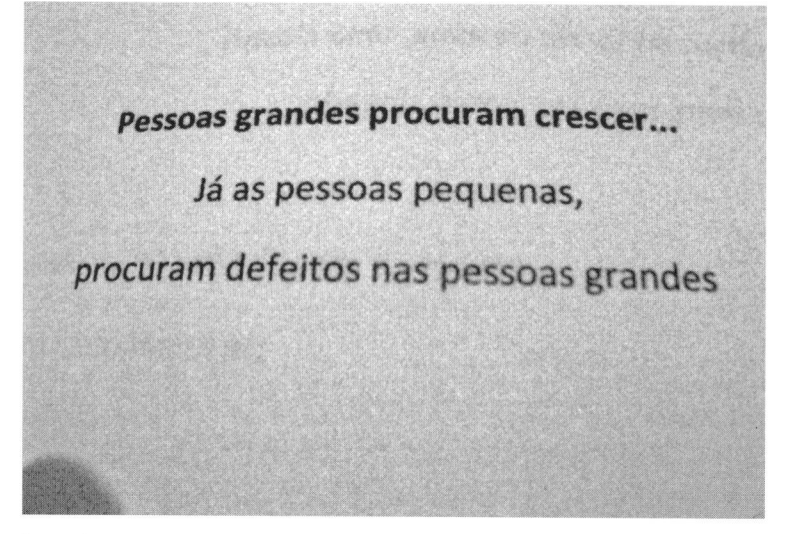

Pessoas grandes procuram crescer...

Já as pessoas pequenas,

procuram defeitos nas pessoas grandes

▶ Sinto muito!

▶ O que as pedras tinham a me dizer
São Thomé das Letras – MG

▶ Dia de chuva
São Thomé das Letras – MG

▶ São Thomé das Letras – MG

▶ São Thomé das Letras – MG

▶ São Thomé das Letras – MG

▶ São Thomé das Letras – MG

▶ De volta à São Paulo – SP

▶ Clarice passeando pela Av. Paulista – São Paulo – SP

▶ Dia mágico – Praça da Sé – São Paulo SP

▶ Praça da Sé – São Paulo – Dia Histórico

▶ **Praça da Sé – São Paulo – SP – 21 de Agosto**

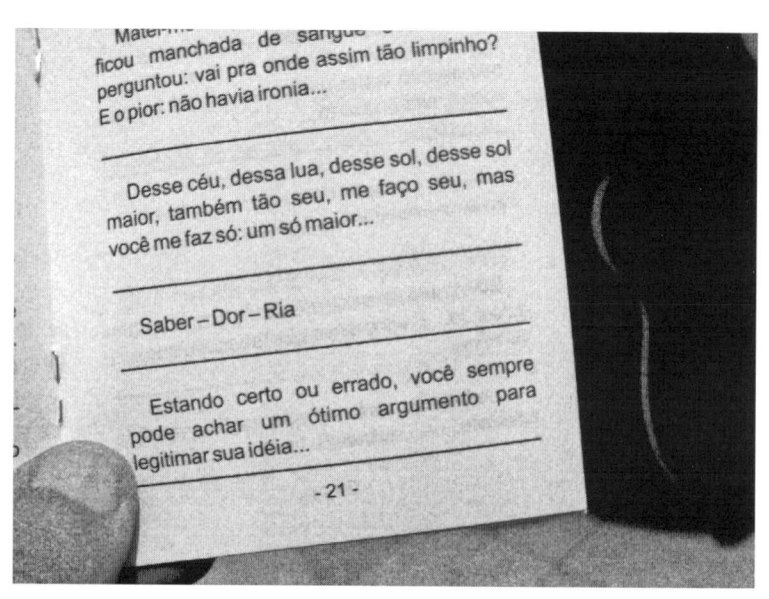

ficou manchada de sangue
perguntou: vai pra onde assim tão limpinho?
E o pior: não havia ironia...

Desse céu, dessa lua, desse sol, desse sol maior, também tão seu, me faço seu, mas você me faz só: um só maior...

Saber – Dor – Ria

Estando certo ou errado, você sempre pode achar um ótimo argumento para legitimar sua idéia...

- 21 -

▶ **Em 140 caracteres**

▶ Campos dos Goytacazes – RJ

▶ Campos dos Goytacazes – RJ

▶ Olha o número 22 aprecendo por acaso...

▶ Campos dos Goytacazes – RJ

▶ Campos dos Goytacazes – RJ

▶ Campos dos Goytacazes – RJ

▶ Pronta para a mudança

▶ Terceira ponte – Caminho de volta...
Vila Velha/Vitoria – ES

▶ Vitória... Espírito Santo...

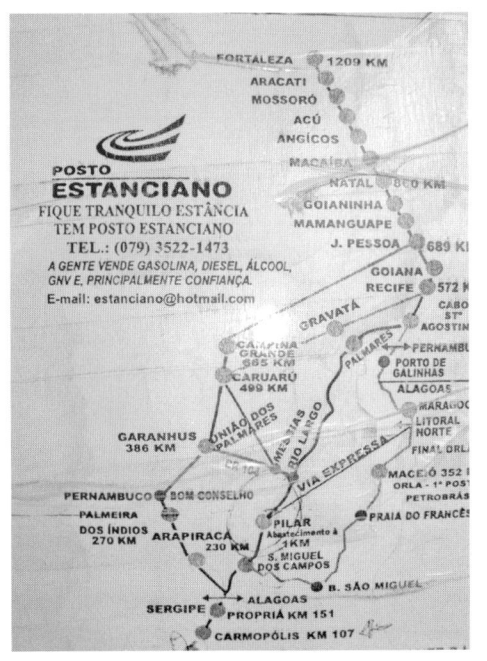

▶ As coincidências...

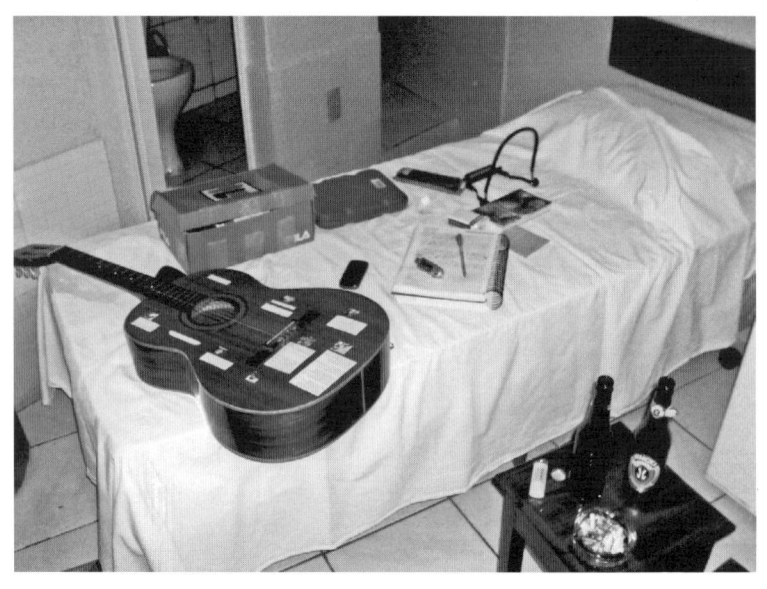

▶ Itabuna – BA

▶ Itabuna – BA

▶ Itabuna – BA

▶ Revolução

▶ **Clarice**

▶ **Infinita Highway...**